ULLSTEIN

Das Buch

Drei Wochen Verlobung – unerträglich erscheint Claudine diese wirklich nicht sehr lange Zeitspanne. Ihr geliebter Renaud, zwanzig Jahre älter als sie, erweist sich als Ehrenmann und läßt sie »heil, ganz und unberührt, sehr gegen meinen Willen«, wie Claudine sich empört. Doch spätestens auf der Hochzeitsreise entdeckt die junge Frau, wie anstrengend die ehelichen Pflichten sein können – wenn auch in höchstem Maße vergnüglich ... Claudine ist glücklich.
Erste Wolken am blauen Ehehimmel ziehen bald nach der Rückkehr nach Paris auf: Renaud gefällt sich in der Rolle des Salonlöwen, möchte seine hübsche Frau herumzeigen und schleppt sie von einer Theaterpremiere zur nächsten. Claudine, das Naturkind, fühlt sich eingeengt und kann mit den meisten Bekannten ihres Mannes nichts anfangen. Bis sie die entzückende Rézi kennenlernt, deren Charme nicht nur Männer verzaubert ...
Claudine in der Ehe ist der dritte Teil der berühmten Claudine-Tetralogie, die Anfang des zwanzigsten Jahrhunderts den literarischen Weltruhm der französischen Skandalschriftstellerin Colette begründete.

Die Autorin

Colette (1873–1954) wurde in Saint-Sauveur-en-Puisaye geboren. Durch Henry Gauthier-Villars, ihren ersten Mann, kam sie nach Paris. Auf sein Drängen hin begann sie zu schreiben und verfaßte unter seinem Namen ihre ersten Bücher, die Claudine-Romane. Nach der Scheidung verursachte Colette unter anderem als freizügige Schauspielerin und Kabarettistin aufsehenerregende Skandale. Früh erkannten Marcel Proust und André Gide ihr außergewöhnliches literarisches Talent, und Jean Cocteau bewunderte ihre Unabhängigkeit, die es ihr erlaubte, »Frau und frei« zugleich zu bleiben. Sie wurde als erste Frau Mitglied der belgischen Akademie und später Präsidentin der Pariser Académie Goncourt.

Von Colette sind in unserem Hause bereits erschienen:

Claudine erwacht
Claudine in Paris

Colette

Claudine in der Ehe

Roman

Aus dem Französischen
von Lida Winiewicz

Ullstein

Besuchen Sie uns im Internet:
www.ullstein-taschenbuch.de

Umwelthinweis:
Dieses Buch wurde auf chlor- und säurefreiem Papier gedruckt.

Ullstein Verlag
Ullstein ist ein Verlag der
Ullstein Buchverlage GmbH.
1. Auflage Februar 2004

Titel der französischen Originalausgabe: *Claudine en Menage*
Übersetzung: Lida Winiewicz
Umschlaggestaltung: Thomas Jarzina, Köln
Titelabbildung: akg, Berlin
Gesetzt aus der Goudy
Satz: hanseatenSatz-bremen, Bremen
Druck und Bindearbeiten: GGP Media, Pößneck
Printed in Germany
ISBN 3-548-25813-1

Unsere Ehe bereitet mir Sorgen: irgend etwas stimmt nicht, das fühle ich genau.

Renaud ahnt noch nichts. Wie sollte er auch?

Seit sechs Wochen sind wir wieder hier, nach anderthalb Jahren rastlosen, fiebrig-faulen Herumzigeunerns. Montigny, Bayreuth und ein badisches Dorf, von dem ich zu Renauds unbeschreiblicher Erheiterung ursprünglich annahm, es hieße »Forellenfischerei« (erstens wird man vom Vorhandensein einer solchen durch Riesenlettern in Kenntnis gesetzt, zweitens kann ich nicht Deutsch), waren einige der vielen, vielen Stationen unserer Reise.

Ich sah auch das Mittelmeer: schutzsuchend an Renaud gedrängt, betrachtete ich ungnädig die graue Wasserfläche, die eine kraftlose Sonne matt beschien, ein kalter Wind mitleidslos aufrauhte. Nein, dieser Pseudosüden gefällt mir nicht: zu viele Hütchen, zu viele Sonnenschirme, zu viele Bekannte Renauds. Wir begegneten ihnen an allen Ecken und Enden, vielköpfigen Familien, die er mit Freikarten versorgt, alleinstehenden Damen, bei denen er zu dinieren pflegte. Renaud, dieser entsetzliche Mensch, hat die Gabe, sich überall beliebt zu machen, stürzt sich für Leute in Unkosten, die er kaum kennt – vorzugsweise für solche –, und erklärt mit sanfter Unverschämtheit: »Für seine Freunde braucht man sich nicht anzustrengen. Ihrer ist man sicher.«

Claudine hingegen, die verstörte Provinzlerin, vermochte dem vielgerühmten Winter an der Riviera, dem Knistern kostbarer Spitzenroben unter schweren Zobelcapes nichts, aber auch gar nichts abzugewinnen.

Und noch etwas ließ mich an den holperigen Straßen nur mäßiges Gefallen finden, forderte meinen überreizten Nerven das Letzte ab: der Mißbrauch, den ich mit Renaud, Renaud mit mir getrieben.

Durchgerüttelt, aufgewühlt, in schmerzvoll-köstlichem Zustand körperlicher Trunkenheit und sinnverwirrenden Taumels flehte ich schließlich um Gnade, um Ruhe, um Heimkehr ins Nest.

Hier bin ich nun. Was brauche ich mehr? Was fehlt mir noch?

Ich weiß es nicht. Doch ich will versuchen, das Kunterbunt dieser noch so nahen, schon so fernen Erinnerungen ein wenig zu ordnen ...

Mein Hochzeitstag – welch bizarre Komödie! Drei Wochen Verlobung, die häufige Gegenwart des Mannes, der mir teurer ist als mein Leben, seine befremdlichen Blicke, seine noch befremdlicheren (wiewohl beherrschten!) Gesten, sein Mund, stets auf der Suche nach einem Stück Claudine – all das gab mir an jenem Donnerstag das Aussehen einer fiebernden Katze. Renauds Zurückhaltung, seine Selbstverleugnung während unserer Brautzeit wollten mir nicht einleuchten. Ein Wort, und ich wäre sein gewesen; das wußte er wohl. Dennoch ließ er uns in nervenaufreibender Sittsamkeit dahinschmachten, allzu genießerisch auf sein – und mein? – Glück bedacht. Wie oft warf ihm Claudine, entfesselt und hingerissen, nach einem kurzen, vor der ... der moralischen Frist abgebrochenen Kuß zornige Blicke zu. »Heute oder in acht Tagen – wo ist der Unterschied? Sie erregen mich unnütz, ermüden mich furchtbar –« Umsonst. Mitleidslos für sich und mich, ließ er mich bis zum Tag unserer Lustspielhochzeit heil, ganz und unberührt, sehr gegen meinen Willen.

Bei den Hochzeitsvorbereitungen mitzuhelfen, weigerte ich mich entschieden, ehrlich empört über die Notwendigkeit, einen Herrn Magistrat und einen Herrn Pfarrer von meinem Entschluß, fürderhin mit Renaud zu leben, feierlich in Kenntnis zu setzen. Mein zukünftiger Gatte, geduldig und geschickt, unternahm daher alle nötigen Schritte selbst, unterstützt von Papa, der bei dieser Gelegenheit eine ebenso wilde wie unerwartete Hingabe an den Tag legte.

Mélie strahlte. Selig, dem glücklichen Ende einer Liebesgeschichte beizuwohnen, trällerte sie vor sich hin, daß der düstere Hof widerhallte. Fanchette hingegen – das Söhnchen (»schöner als ein Sohn Ptahs«) folgte ihr auf schwanken Beinen – beroch offene Schachteln, neue Stoffe und ellbogenlange Handschuhe mit unverhohlenem Mißvergnügen und »machte Brot« aus meinem weißen Tüllschleier.

Am Vorabend unserer Hochzeit brachte mir Renaud den spitzen Rubin, den ich an zarter Goldkette um den Hals trage. Ich entsinne mich dessen so deutlich ...

Bezaubert von seiner Tönung – sie erinnert an die kostbare Farbe hellen Rotweins – hielt ich den Stein gegen das Licht, die Linke auf Renauds Schulter gelegt. Er kniete vor mir und lachte:

»Du schielst, Claudine! Du schielst wie Fanchette, wenn sie einer Mücke nachguckt!«

Ich gab keine Antwort. Statt dessen steckte ich den Rubin in den Mund. (»Eigentlich müßte er auf der Zunge zergehen und nach Himbeeren schmecken.«) Renaud war von dieser Art der Juwelenbeurteilung ein wenig befremdet. Tags darauf brachte er mir Bonbons. Ich muß gestehen, sie waren mir nicht minder willkommen als der Schmuck.

Am nächsten Morgen erwachte ich in aller Herrgottsfrühe, verärgert und verstimmt, verwünschte Magistrat und Kirche, das zentnerschwere Schleppkleid, die brühheiße Frühstücksschokolade, kredenzt von einer Mélie, die seit Tagesanbruch in violettem Kaschmir steckte (»Ah, mein Goldkind, jetzt geht's los!«), Hochzeitsgäste und Zeugen: Maugis und Robert Parville für Renaud, Tante Coeur in Chantilly-Spitze, Marcel, von seinem Vater pardoniert (ich glaube, Renaud verzieh ihm aus purem Mutwillen), für mich ein ordensgeschmückter, nicht allzu sauberer Malakologe, dessen Name mir bis heute verborgen blieb, und – Monsieur Maria! Papa, munter und vergeßlich, fand diese seltsame Entwirrung meiner Liebesleiden durchaus passend.

Viel zu früh bereit und ein wenig gelblich in weißem Kleid und schief sitzendem Schleier – nein, kurzes Haar ist nicht immer von Vorteil! –, hockte Claudine vor dem Korb Fanchettes, die sich von ihrem gestreiften Söhnchen gerade den Bauch massieren ließ, und dachte: »Oh, diese leidige Hochzeit! Können wir denn nicht in Ruhe hierbleiben, hier, in diesem kleinen Zimmer, wo ich schlief und von ihm träumte, von ihm träumte, ohne zu schlafen, zu zweit, bei wohlversperrter Tür, essen und ... Doch nein. Mein Himmelbett wäre zu schmal ...«

Nicht einmal die Ankunft Renauds noch seine Erregung, kaum merklich an der Fahrigkeit seiner sonst so gelassenen Gebärden, vermochten diese Gedanken zu verscheuchen.

Nun galt es, Papa in Gang zu bringen; zumindest versuchte dies Monsieur Maria, der sichtlich die Nerven verlor. Mein Erzeuger, seiner selbst und der Umstände würdig, hatte meine Hochzeit einfach vergessen, spazierte zehn Minuten vor zwölf im Schlafrock herum, gemächlich an seiner Pfeife schmauchend, und empfing den armen Maria mit den bemerkenswerten Worten:

»Vorwärts, Maria, machen Sie weiter! Sie sind verflucht spät dran! Dabei haben wir heute so ein schwieriges Kapitel! ... Wieso rennen Sie denn im Frack herum? Sie schauen ja aus wie ein Kellner!«

»Aber, Monsieur! Monsieur! Die Hochzeit – Mademoiselle Claudine – wir warten nur mehr auf Sie –«

»Tausend Ferkel!« Papa warf einen Blick auf die Uhr, als könnte sie ihm das Datum verraten. »Tausend Ferkel! Heute heiratet sie? Sind Sie sicher? Dann gehen Sie einstweilen voraus. Man kann ja ohne mich anfangen!«

Robert Parville, verstört wie ein verlorener Pudel, da ausnahmsweise nicht im Kielwasser der kleinen Lizery; Maugis, mit spöttischer Würde übertüncht; Monsieur Maria, sehr blaß; eine gezierte Tante Coeur; ein verkrampfter Marcel; keine große Gesellschaft, nicht wahr? Dennoch schien mir, während ich in weißer Abgeschiedenheit dem Vibrieren meiner Nerven nachhorchte, als befänden sich mindestens fünfzig Personen in unserer engen Wohnung ...

Was dann kam, dünkte mich einer jener verworrenen Träume, in denen man mit gefesselten Beinen die Hauptrolle spielt; ein lila Lichtstrahl auf meinem weißen Handschuh, vom bunten Spitzbogenfenster gefärbt; mein überlautes Lachen in der Sakristei, weil Papa unbedingt zweimal unterschreiben wollte (»Meine erste Unterschrift ist zu mager!«); die ganze Hochzeit ein Triumph des Unwirklichen, schattenhaft, doch von erstickender Intensität. Selbst Renaud ist fern und wesenlos geworden ...

Nach Hause zurückgekehrt, fragte er zärtlich, wie ich mich fühlte, geängstigt von meiner trüben, angespannten Miene.

Ich schüttelte den Kopf. »Kaum verheirateter als heute früh. Und Sie?«

Sein Schnurrbart zitterte leicht. Da errötete ich und zuckte die Achseln.

Man ließ mich allein: ich wollte mich des lächerlichen Kleides entledigen. Fanchette, meiner Allerliebsten, schien ich in rosa Batistbluse und weißem Sergerock viel vertrauter. Ich soll dich also verlassen, Fanchette? Es ist das erste Mal ... Doch es muß sein. Ich will dich nicht auf Reisen schleppen, mitsamt deiner Familie ...

Es würgt mich in der Kehle, ich fühle eine undeutbare Beklemmung, die schmerzenden Rippen sind plötzlich zu eng ... Oh, nimm mich rasch, geliebter Freund, befreie mich von dieser törichten Angst, die weder Scham ist noch Furcht ...

Wie spät kommt doch die Nacht im Juli, wie schwer lastet der weiße Tag auf meinen Schläfen!

Bei Einbruch der Dunkelheit entführte mich mein Mann. Mein Mann! Das Pochen meines Herzens übertönte das weiche Rollen der Gummiräder, und ich preßte die Zähne zusammen, so fest, daß sein Kuß sie nicht zu lösen vermochte.

Rue de Bassano. Im gedämpften Licht kleiner Lampen sah ich fast nichts von diesem Appartement, »das zu sehr an einen Stich aus dem achtzehnten Jahrhundert erinnert«. Und dabei war ich so neugierig gewesen ...

Ein Duft nach hellem Tabak, Maiglöckchen und Juchten schwebte im Raum, derselbe, der den Kleidern meines Freundes anhaftet. Ich atmete ihn aus vollen Zügen, mich noch tiefer, noch rettungsloser zu berauschen.

Es ist, als sei mir dieser Augenblick für ewig geblieben. Ich bin wieder dort, unruhig, hilflos ...

Wie! Jetzt also? Jetzt?

Ich denke an Luce, einen Herzschlag lang, nehme meinen Hut ab, ohne zu wissen, was ich tue. Endlich ergreife ich die Hand des Mannes, den ich liebe, blicke ihn an: so wird es mir leichter werden, meine Beklemmung zu meistern. Renaud läßt Hut und Handschuhe fallen, dehnt sich ein wenig und seufzt. Es klingt wie lautgewordenes Beben. Oh, ich liebe seine dunklen Augen, seine kühne Nase, sein entfärbtes Haar, das ein geschickter Wind zu kämmen verstand. Ich trete näher. Er weicht aus, der Harte, geht zur Seite, sieht mich an. Mein Mut schwindet. Ich falte die Hände:

»So beeilen Sie sich doch, um alles in der Welt!«

O Gott! Ich wußte nicht, daß diese Worte so erheiternd wären. Er setzt sich.

»Komm, Claudine.«

Er nimmt mich auf den Schoß, hört meinen fliegenden Atem. Seine Stimme wird weich.

»Du gehörst mir?«

»Seit langem. Sie wissen es ja.«

»Und fürchtest dich nicht?«

»Nein, ich fürchte mich nicht. Außerdem weiß ich alles.«

»Alles? Was, alles?«

Er bettet mich auf seine Knie, neigt sich über meinen Mund. Ich lasse mich trinken, willenlos. Am liebsten würde ich weinen. So scheint es mir zumindest.

»Du weißt alles, mein geliebtes kleines Mädchen, und fürchtest dich nicht?«

Ich schreie: »Nein!«, klammere mich aber dennoch verzweifelt an seinen Hals. Er versucht mit einer Hand, meine Bluse aufzuhaken. Ich fahre in die Höhe:

»Nein! Ich selber, ganz allein!«

Warum? Ich weiß es nicht. Wohl ein letztes Aufflackern des alten Ungestüms. Splitternackt ginge ich geradewegs in seine Arme – ausziehen soll er mich nicht.

Ich entkleide mich mit ungeschickter Hast, streue die Kleider um mich her, werfe die Schuhe in die Luft, ziehe den Unterrock mit den Zehen hinunter, streife das Korsett ab – all das, ohne Renaud anzublicken, der kein Wort spricht.

Jetzt bin ich nackt bis auf das Hemd, sage »So!« mit mutigem Gebaren und streiche aus alter Gewohnheit mit den Fingern über meine Taille, die Korsettspuren wegzumassieren.

Renaud sitzt regungslos, mit vorgerecktem Kopf, die Hände um die Armlehnen seines Sessels gekrampft. Er schaut mich an. Dieser Blick jagt mir panischen Schrecken ein. Fahr hin, Heldenmut! Außer sich, stürzt Claudine zum Bett – zum zugedeckten Bett! – und wirft sich der Länge nach darauf.

Er kommt zu mir, drückt mich an sich, so angespannt, daß ich das Beben seiner Muskeln fühle, küßt mich, angekleidet von Kopf bis Fuß – guter Gott, worauf wartet er? Warum zieht er sich nicht aus? –, hält mich, ohne daß mich sein Körper berührte, so lange mit Mund und Händen, bis sich meine zitternde Auflehnung in irres Gewähren wandelt, bis das beschämende Stöhnen der Lust, das ich aus Stolz so gern zurückgehalten hätte, meinen Lippen entfährt. Dann erst streift auch er die Kleider ab und lacht, unbarmherzig, Claudine zum Spott, die neben ihm liegt, gedemütigt und verblüfft. Doch er verlangt nichts, nichts, als mir so viel Zärtlichkeit zu geben, als es braucht, um mich endlich einzuschläfern, im Morgengrauen, auf zugedecktem Bett.

Später, viel später erst wußte ich ihm Dank für diese tätige Selbstverleugnung, diese stoisch geübte Geduld. Und ich lohnte seine Mühe, wissend, verlangend und gezähmt, erwartete das Verlöschen seiner Augen nicht minder begierig als er das Ersterben der meinen ...

Im übrigen behielt ich bis auf den heutigen Tag eine gewisse Scheu vor den – wie sagt man nur? – »ehelichen

Pflichten«. Renaud, dieser Gewaltige, erinnert mich an die lange Anaïs, zu deren Schrullen es zählte, ihre Riesenhände in viel zu enge Handschuhe zu zwängen. Abgesehen davon, ist alles gut. Etwas zu gut, sogar. Oh, es ist süß, allmählich zu erfahren, wie viele Ursachen es gibt, zu schreien, zu lachen, die Zehen zusammenzukrümmen und kurze dumpfe Laute auszustoßen.

Einen Liebesbeweis aber gibt es, den ich meinem Gatten noch heute versage: das Du. Ich sage »Sie« zu ihm, immer, jederzeit, ob ich flehe, ob ich gewähre, ob mich die köstliche Qual, zu warten, nur stoßweise sprechen läßt, mit rauher, fremder Stimme. Aber ist dieses »Sie« der rüden, duzfreudigen Claudine nicht eine Liebkosung einziger Art?

Er ist schön! Ich schwöre Ihnen, er ist schön! Seine Haut ist kühl und glatt, seine langen Arme entwachsen den Schultern mit weicher, fast fraulicher Rundung. Dort bette ich mein Haupt zur Ruhe, nachts und morgens, lange Zeit.

Und das graugoldene Haar, die schmalen Knie, die geliebte, geruhsam atmende Brust, von zwei schwarzbraunen Tupfen gezeichnet, dieser ganze weiße Körper, der mir so viele, so herrliche Entdeckungen bescherte ...

Oft sage ich in aller Ehrlichkeit: »Wie schön Sie sind!« Dann preßt er mich an sich: »Ich bin alt, Claudine, alt!«, und seine Augen verdüstert solch leidenschaftliches Bedauern, daß ich ihn verständnislos betrachte.

»Ah, Claudine! Wenn ich dich vor zehn Jahren gekannt hätte!«

»Dann säßen Sie heute im Gefängnis! Außerdem waren Sie damals nichts als ein junger Mann, ein übles Subjekt, den Frauen zum Kummer! Und ich –«

»Du hättest Luce nie kennengelernt!«

»Glauben Sie vielleicht, ich weine ihr nach?«

»Nein. Nicht jetzt. Nicht in diesem Augenblick ... Nein,

schließe deine Augen nicht, ich bitte dich, verbiete es dir ... ihr Leuchten gehört mir ...«

»Auch ich – mit allem, was ich bin!«

Mit allem? Nein. Da ist der Riß.

Ich bin dieser Erkenntnis ausgewichen, solange es ging, habe glühend gewünscht, daß Renauds Wille den meinen beugen, seine Hartnäckigkeit mein Aufbegehren niederzwingen möge, kurz, daß seine herrischen, sieggewohnten Blicke der Spiegel seiner Seele seien. Renauds Wille? Seine Ausdauer? Er ist geschmeidiger als eine Flamme, schwerelos brennend wie sie. Er hüllt mich ein, doch er beherrscht mich nicht. Ach, Claudine! So ist es dir denn beschieden, stets deiner mächtig zu bleiben?

Wußte er nicht meinen Leib zu unterjochen, diesen schmalen goldbraunen Körper, dessen straffe Haut des Drucks der Hände spottet, das Kindergesicht mit der Knabenfrisur ... O zwingende Augen, eigensinnige Nase, hübsches Kinn, das er glattrasiert zur Schau stellt, eitel wie ein junges Mädchen – wie trügerisch seid ihr!

Ich zeige mich sanft, mache mich klein, neige seinem Mund einen gefügigen Nacken, verlange nichts und meide jeden Widerspruch, in der weisen Furcht, ihn sogleich nachgeben, seine Lippen ein allzu leicht erobertes »Ja« formen zu sehen ... Ach, er ist nur beim Lieben zwingend.

(Was allerdings nicht zu verachten ist.)

Ich erzählte ihm von Luce, alles, in der unbestimmten Hoffnung, ihn die Stirne runzeln, zürnen zu sehen, erwartete, daß er mich mit wütenden Fragen bestürmen würde. Nichts dergleichen geschah. Er bestürmte mich zwar mit Fragen, war aber durchaus nicht wütend. Ich antwortete kurz angebunden, peinlich berührt beim Gedanken an seinen Sohn Marcel und dessen atemlose Verhöre über das gleiche Thema.

Doch ich vertraue meinem Gatten: er ist mir auch nicht Herr und Meister, so doch Verbündeter und Freund.

Papa, dem ich diese Gefühlsgemenge unterbreitete, erwiderte, voll Verachtung für die Klagen seiner nörgelnden, sezierenden, die Komplizierte spielenden Tochter:

»Der Mist sitzt nicht nur zu Pferd – er hält sich auch fest im Sattel!«

O du herrlichster der Väter! Weder deiner noch Fanchettes habe ich seit meiner Hochzeit gebührend gedacht. Und wer ist daran schuld? Renaud.

Seit sechs Monaten wirbelt er mich durch die Welt, berauscht mich mit Liebe, Bewegung, neuen Himmeln, neuen Städten. Seiner Claudine noch unkundig, lächelt er oft staunend, mich vor einer Landschaft träumerischer zu sehen als vor einem Bild, im Grünen bewundernder als im Museum, von kostbaren Steinen minder entzückt als von Bäumen und Bächen. Er hatte mich vieles zu lehren, ich habe vieles gelernt.

Vor allem die Wollust, das grausame, düstere Wunder. Stellte mich Renaud besorgt zur Rede, meines plötzlichen Ernstes gewahr, so erwiderte ich mit abgewandtem Blick: »Ich weiß nicht«, errötete und suchte mich dem machtvollen Frager schweigend verständlich zu machen. Er weidet sich an meinem bloßen Anblick, durchforscht meine Züge nach der Bestätigung schändlicher Wonnen, die er mir bedachtsam zumißt ...

Meinem Gatten – und dies scheidet uns voneinander – bedeutet Wollust Begierde, Neugier, fröhliche Perversität, ausgelassenes Drängen. Der Genuß dünkt ihn freundlich, gnadenvoll, jederzeit erreichbar. Mich wirft er zu Boden, und eine geheimnisvolle Verzweiflung, die ich suche und fürchte, schlägt über mir zusammen. Wenn Renaud schon wieder lächelt, stoßweise atmend, wenn seine Arme mich wieder freigeben, bedecken meine Hände – wiewohl er mich daran zu hindern sucht – noch immer zwei verstörte Augen und einen beseligten Mund. Später erst bette ich mein Haupt an seiner guten Schulter und klage meinem Freund das allzu süße Leid, das mir mein Geliebter angetan.

Zuweilen suche ich mich davon zu überzeugen, daß mir die Liebe noch neu sei, während sie für Renaud schon alle Bitternis verloren habe. Doch es will mir nicht recht gelingen. Trotz der tiefen Zärtlichkeit, die uns verbindet, werden wir diesbezüglich wohl niemals einer Meinung sein.

Neulich im Restaurant lächelte er einer einsamen Dame zu; ihre schlanke Bräune, ihre schönen, schwarz nachgezeichneten Augen boten sich bereitwillig meinem Gatten.

»Kennen Sie sie?«

»Wen? Die Dame? Nein, Liebste. Aber sie hat ein hübsches Profil, findest du nicht?«

»Und deshalb schauen Sie sie an?«

»Natürlich, kleines Mädchen. Das stört dich doch nicht?«

»Nein. Aber ... daß sie Ihnen zulächelt, stört mich.«

»Oh, Claudine!« bittet Renaud, und sein dunkles Gesicht nähert sich dem meinen, »laß mir den Glauben, daß man deinen alten Mann noch ohne allzu großen Widerwillen betrachten kann! Ein wenig Selbstvertrauen hat er dringend nötig!« Er schüttelt sein lockeres Haar und fügt hinzu: »Wenn mich die Frauen einmal keines Blickes mehr würdigen, kann ich mich gleich –«

»Was macht Ihnen das aus, ob andere Frauen Sie ansehen oder nicht? Ich werde Sie immer lieben ...«

»Psst, Claudine!« unterbricht er geschickt. »Der Himmel bewahre mich davor, dich zu einem Unikum entarten zu sehen!«

Also bitte! Wenn er von mir spricht, sagt er »die Frauen«. Meine ich vielleicht »die Männer«, wenn ich an ihn denke? Oh, ich weiß, Jahre gesellschaftlichen und – ehebrecherischen! – Lebens gehen an keinem Mann spurlos vorüber. Kein Wunder, daß Renaud Sorgen hat, von denen sich eine neunzehnjährige Ehefrau nichts träumen läßt ...

Dennoch bemerke ich giftig: »Ihnen also verdankt Marcel seine kokette Mädchenseele?«

»Oh, Claudine«, erwidert er traurig, »du hast meine Fehler nicht gern? ... Im übrigen wüßte ich nicht, wem er sie verdanken sollte, wenn nicht mir ... Aber eins mußt du mir zugestehen: bei mir hält sich die Koketterie wenigstens in normaleren Bahnen!«

Wie bald hat sich seine Stirne entwölkt! Schon ist er wieder unbekümmert und glücklich! Hätte er seine schönen Brauen gerunzelt – sie gleichen den samtigen Innenfäden reifer Kastanienschalen – und scharf gesagt: »Still, Claudine, Marcel hat hier nichts zu suchen!«, fast glaube ich, daß mir eine große Freude aufgedämmert wäre, ein Vorbote jenes schüchternen Respekts, der mir für Renaud nicht kommen will noch kann.

Zu Recht oder Unrecht – ich habe nun einmal das Bedürfnis, was ich liebe, zu fürchten. Furcht war mir ebensolange fremd wie Liebe. Wie gern hätte ich beides zugleich entdeckt ...

Erinnerungen an die letzten anderthalb Jahre flirren durch meinen Kopf wie Staubkörner durch einen dunklen, von einem einzigen Sonnenstrahl durchquerten Raum. Langsam durchschweben sie die Helle – ich lächle ihnen zu oder rümpfe die Nase –, leuchten auf und verschwinden im Dunkel.

Als wir vor drei Monaten nach Frankreich zurückkehrten, wollte ich mein teures Montigny wiedersehen. Doch da muß ich »vom Anfang anfangen«, wie Luce sagen würde.

Es ist nun anderthalb Jahre her, daß ich – um mit Mélie zu sprechen – »einen sehr feinen Herrn heiratete. Er ist zwar nicht mehr der Jüngste, aber noch gut in Form!« Diese Botschaft posaunte sie damals in alle vier Winde Montignys.

Auch Papa verschickte einige Heiratsanzeigen, auf gut Glück, eine davon dem Tischler Danjeau (!), »weil er meine Bücherkisten verdammt gut zugenagelt hat«. Was mich betrifft, so sandte ich deren zwei, sorgfältigst beschriftet, an Mademoiselle Sergent und ihr kleines Biest Aimée. Dies trug mir zu meiner Überraschung folgenden Brief ein:

»Mein liebes Kind«, schrieb die Frau Direktor, »ich freue mich aufrichtig« (oder was beißt mich) »über eine Neigungsehe« (welch schönes Wort!), »die Ihnen gegen eine nicht ungefährliche Selbständigkeit sicheren Schutz bieten wird. Vergessen Sie nicht, daß die Schule Ihrer harrt, falls Sie, was ich von Herzen wünsche, einem Städtchen Ihren Besuch abzustatten gedenken, das Ihnen durch so viele Erinnerungen teuer sein muß.«

Vor der allumfassenden Versöhnlichkeit, die mich damals erfüllte, verpuffte die Schlußironie, und nichts blieb zurück als Heiterkeit, Freude und der Wunsch, Montigny wiederzusehen – o meine geliebten Wälder! – mit gesänftigtem, wehmütigem Blick.

Wir weilten in der Schweiz, von Deutschland kommend. Da bat ich Renaud um eine Nacht in Montigny, schlug ihm vor, im Herzen des Fresnois haltzumachen, bei Lange, dem mittelmäßigen Gastwirt auf dem Hauptplatz.

Er stimmte sogleich zu, wie stets.

Und so nahe ist mir dieser Tag, daß ich nur die Augen schließen muß, ihn aufs neue zu erleben ...

Müde und unentschlossen windet sich der Personenzug durch grünes, welliges Land. Die Namen der wohlbekannten kleinen Bahnhöfe lassen mich erregt auffahren. Nur mehr zwei Stationen: Blégeau, Saint-Farcy, und dann ... dann kommt Montigny! Bald werde ich den stumpfen Sarazenenturm wiedersehen ...

Ich stehe kerzengerade im Abteil, atemlos, mit kribbeligen Waden, die Hände um die Plüschlehnen gekrampft. Renaud läßt mich nicht aus den Augen.

Er schiebt die Reisekappe tiefer in die Stirn und tritt zu mir ans Fenster:

»Nun, kleiner Vogel? Du zitterst in Erwartung des alten Nests? Antworte, Claudine ... Ich bin eifersüchtig ... Nur in meinen Armen will ich dich so erregt schweigen sehen ...«

Ich lächle ihm zu, beruhigend, begütigend, und betrachte von neuem die waldigen Hügel, die in sachter, gleichmäßiger Bewegung nahen und weichen.

»Ah!«

Mit ausgestrecktem Finger zeige ich den Turm, seine rötlichen, efeuumhüllten Mauern, das Dorf, das den Hügel hinabkollert, als entglitte es ihm. So süß verwundet mich das Wiedersehen, so schmerzlich, daß ich mich an Renauds Schulter lehnen muß ... Turm ohne Spitze, Bäume mit den runden Kronen, wie schwer fiel es mir, euch zu verlassen! Soll euer Bild nun mein Auge erfüllen, um aufs neue zu entschwinden?

Ich schlinge die Arme um meinen Gatten. Er sei fortan meine Kraft, meine Stütze, der Zweck meines Seins. An ihm mich festzuhalten, zu entzücken ... Ich wünsche, will es ...

Das rosa Häuschen des Schrankenwärters gleitet vorüber, der Güterbahnhof – ich habe den Ablader erkannt! –, und schon stehen wir auf dem Bahnsteig, schon hat Renaud Koffer und Reisetasche im einzigen Gefährt verstaut, das weit und breit zu sehen ist.

Ich stehe noch immer regungslos, spreche kein Wort, zähle jeden Buckel, jedes Loch, jedes Merkmal des vertrauten Horizonts. Scheint er nicht verengt? Dort oben grünt der Wald von Fredonnes – daneben der Forst von Vallées – Wie! Dieses schmale sandgelbe Band soll der Weg nach Vrimes sein? Nimmermehr wird er mich zu Claire führen, meinem lieblichen Kommunionsschwesterchen! Oh! Man hat den Rabenwald abgeholzt, ohne meine Erlaubnis! (Seine nackte Haut ist weithin sichtbar ... Aber welche Freude, das blaue, nebelumwallte Caille-Gebirge wiederzufinden! An Sonnentagen von zartschimmernden Schleiern verhüllt, nähert es sich bei regnerischem Wetter, scharfgezeichnet und klar. Oh, ich kenne sein Zauberreich: versteinerte Muscheln, violette Disteln, harte, saftlose Blumen, orchideengleiche Libellen, orangegeflammt und leuchtend, winzige Schmetterlinge mit blauen Perlmutterflügeln ... Auch das nachtdunkle Pfauenauge ist dort daheim ...

»Claudine! Meinst du nicht, daß wir früher oder später in diesen Kübel klettern sollten?« fragt Renaud, über mein seliges Verstummen belustigt.

Ich steige ein. Es hat sich nichts geändert. Der alte Racalin, stockbesoffen wie eh und je, lenkt sein ächzendes Fahrzeug von einem Straßengraben zum andern, furchtlos und selbstbewußt.

Ich mustere die Hecken, spähe um jede Biegung, sprungbereit für den Fall, »mein« Land verunziert zu sehen, und schweige. Später erst, viel später, als auf der abschüssigen Fläche die ersten verbeulten Häuser auftauchen, rufe ich aus:

»Bardin hat eine neue Heuschobertür! Jetzt können die Katzen nicht mehr hinein!«

»Tatsächlich!« bestätigt Renaud erschüttert. »Dieses Scheusal von Bardin hat eine neue Tür einhängen lassen!«

Meine Schweigsamkeit verkehrt sich in redseliges Frohlocken:

»Renaud! Renaud! Gleich kommen wir am Schloß vorbei! Sehen Sie das Gittertor? Es ist unbewohnt. Wir werden den Turm besteigen! Oh – die alte Sainte-Albe steht auf der Schwelle. Bestimmt hat sie mich erkannt! Sie wird es der ganzen Straße erzählen ... schnell, drehen Sie sich um! Sehen Sie die beiden Baumspitzen? Dort über dem Dach von Mutter Adolphe? Das sind die hohen Tannen in unserem Garten, meine Tannen ... Sie sind nicht gewachsen! Desto besser! Was ist das für ein Mädchen, das ich nicht kenne?«

Der schmerzliche Ton meiner letzten Frage erregt Renauds grenzenlose Heiterkeit. Er lacht schallend, zeigt alle seine weißen, viereckigen Zähne. Wenn es nur dabei bliebe! Aber wir werden bei Lange übernachten ... Wie leicht könnte meinem Gatten in dem düsteren Gasthof das Lachen vergehen ...

Unbegründete Sorge. Er findet das Zimmer erträglich, trotz der zeltähnlichen Bettvorhänge, trotz der winzigen Waschgelegenheit, trotz der groben grauen (gottlob sehr sauberen) Leintücher. Die Dürftigkeit des Rahmens, die allgegenwärtige Kindheit Claudines erregen und belustigen ihn. Er tritt hinter mich, will mich in die Arme schließen ... doch nein, nein! Wir dürfen nicht! Die Zeit verflöge allzu rasch.

»Renaud, mein Großer, es ist sechs Uhr! Kommen Sie, bitte, bitte! Ich möchte Mademoiselle noch vor dem Nachtmahl überraschen!«

»O Gott«, seufzt er widerstrebend, »da heiratet man einen lokalpatriotischen Wildfang, damit er einen dann mit einem Marktflecken betrügt, der ganze 1847 Einwohner zählt!«

Hastig bürste ich mein kurzes Haar – die Trockenheit

macht es locker und duftig –, werfe einen unruhigen Blick in den Spiegel (wenn ich gealtert wäre? Anderthalb Jahre, immerhin ...), und schon stehen wir auf dem Marktplatz. Er ist so holprig, daß an Markttagen so manche Bude das Gleichgewicht verliert und zusammenbricht, unter großem Getöse.

Dank Gatten und kurzem Haar (fast könnte ich beim Gedanken an die langen rostbraunen Locken, die einst auf meine Hüften niederfielen, auf mich selbst eifersüchtig werden) erkennt mich niemand. Ich darf nach Herzenslust staunen.

»Oh, Renaud! Sehen Sie die Frau mit dem kleinen Kind auf dem Arm? Das ist Célénie Nauphely!«

»Die an ihrer Schwester saugte?«

»Genau! Jetzt saugt man an ihr! Pfui Teufel!«

»Warum ›pfui Teufel‹?«

»Ich weiß nicht. Gott, die kleine Chou verkauft noch immer dieselben Pfefferminzpastillen ... Vielleicht war Luce ihre einzige Kundin ...«

Die »Hauptstraße« (drei Meter breit) ist so abschüssig, daß Renaud fragt, wo es Bergstöcke zu kaufen gibt. Doch Claudine, den Strohhut schief in die Stirn gerückt, tänzelt voraus und zieht ihren Gatten am kleinen Finger hinter sich her. Bekannte Gesichter bestaunen die beiden Fremden. Sie schauen nicht gerade liebenswürdig drein. Oh, ich kenne sie alle, weiß, wie sie heißen, bemerke jede neue Runzel.

»Ich komme mir vor wie in einem Bild von Huard«, murmelt Renaud.

Er hat nicht unrecht. Das Bild ist sogar ziemlich grausam.

Nein, mein Gedächtnis hatte keinen Raum für die halsbrecherische Steile des Dorfes, die Holprigkeit der Straßen, den martialischen Jagdanzug Papa Sandrés. Auch das ölig-senile Lächeln des alten Lourd ist mir völlig neu.

Plötzlich bleibe ich stehen und lache:

»Madame Armand trägt noch immer Lockenwickler! Vor

dem Schlafengehen dreht sie nämlich ihre Haare ein, vergißt, die Papilloten herauszunehmen, behält sie tagsüber oben, am Abend ist es dann wieder zu spät, und so geht das immer weiter! Ich habe sie noch nie ohne Lockenwickler gesehen! Schauen sie nicht aus wie Würmer? Und diese fette Stirn ... Hier, Renaud, an dieser dreifachen Kreuzung bewunderte ich zehn Jahre einen Mann namens Hébert, den Bürgermeister von Montigny! Obzwar er kaum seinen Namen schreiben konnte, fehlte er bei keiner Gemeinderatssitzung – sein rotes, von weißem Hanf umrahmtes Gesicht hätte jedem Konventsmitglied zur Ehre gereicht – und hielt Reden, die bis auf den heutigen Tag unvergessen geblieben sind. Zum Beispiel: ›Soll man in der Rue des Fours-Banaux einen Rinnstein anlegen, oder nicht? Tatistequestion, wie die Engländer sagen.‹ Wann immer es keine Sitzung ab, stand er an der Kreuzung, violett im Winter, rot im Sommer, und beobachtete ... Was? Nichts. Das war seine ganze Tätigkeit. Daran ist er schließlich auch gestorben ... Achtung! Dieser Schuppen mit der großen Einfahrt trägt die bemerkenswerte Inschrift: ›Depot der Feuer- und Bürgerwehr‹. ›Wehr‹ ist gemeinsamer Nenner! Wäre Ihnen das eingefallen, Herr Diplomat?«

Das nachsichtige Lächeln meines Freundes erlahmt sichtlich. Sollte er mich ermüdend finden? Nein. Er fühlt nur Bedauern und Eifersucht, mich der Vergangenheit verfallen zu sehen.

Die Straße führt zu einem unebenen kleinen Platz. Dreißig Schritte weiter, hinter graugestrichenen Gittern, ragen die weißen, schiefergedeckten Schulwürfel in die Höhe. Fast spurlos sind drei Winter und vier Sommer über sie hinweggegangen.

»Ist das die Kaserne, Claudine?«

»Aber, Renaud! Das ist die Schule!«

»Arme Kinder!«

»Warum ›arme Kinder‹? Wir haben uns nicht gelangweilt, das können Sie mir glauben!«

»Du nicht, kleiner Teufel! Aber die andern! Gehen wir hinein? Darf man die Sträflinge jederzeit besuchen?«

»Leben Sie auf dem Mond, Renaud? Wissen Sie nicht, daß jetzt Ferien sind?«

»Ferien? Und um dieses ausgestorbene Zuchthaus zu besichtigen, hast du mich hergeschleift? Mir scheint, heut wird jemand keinen Nachtisch kriegen ...«

»Mir scheint, heut wird jemand kein Nachtleben führen ...«

Ich verstumme: wie ehedem widerstrebt das schwere Gittertor dem Druck meiner Hand ...

Von der Pumpe hängt das rostige Becherchen – dasselbe! – an seiner Eisenkette, die Wände jedoch, vor zwei Jahren so strahlend weiß, sind bis in Schulterhöhe zerkratzt, als hätten sich tausend rastlose Nägel hineingegraben. Zwischen den Abflußziegeln wächst dürftiges Feriengras.

Niemand in Sicht.

Gefolgt vom gefügigen Renaud, ersteige ich die sechs Stufen zum Haupteingang, öffne die Glastür und betrete den hallenden, fliesenbelegten Gang, der die Klasse der »Großen« mit den drei Zimmern der Kleinen verbindet.

Stinkende Frische schlägt mir entgegen, altvertrauter, freudig beklemmender Geruch nach Tinte, Kreidestaub, flüchtiger Sauberkeit, grauen, mit schmutzigen Schwämmen gewaschenen Tafeln. Erwarte ich nicht jetzt und hier, die kleine Luce um die Ecke biegen zu sehen, schattenhaft und still, in schwarzer Schürze und leisen Strohschuhen, um sich an mich zu schmiegen, zärtlich, sanft und unerwünscht?

Ich zucke zusammen; meine Wangen beben: eine kleine

Gestalt in schwarzer Schürze und leisen Strohschuhen erscheint auf der Schwelle der »großen« Klasse ... Doch nein, es ist nicht Luce. Ein hübsches, unbekanntes, helläugiges Gesichtchen wendet sich mir fragend zu, gibt mir die Fassung wieder. Unbefangen nähere ich mich der Kleinen und frage in bestem fresnischen Dialekt:

»Wo ist Mmmzelle?«

»Ich weiß nicht, Mada... Mademoiselle. Oben, wahrscheinlich.«

»Gut, danke ... Haben Sie denn keine Ferien?«

»Ich bin eine der Internen, die die Ferien in Montigny verleben.«

Alle Achtung, sie hat Lebensart, diese Interne, die ihre Ferien in Montigny verlebt! Vom abgewendeten Haupt baumelt ein kastanienbrauner Zopf. Sahen wir nicht eben noch ein reizendes Mädchen und zwei goldbraune Augen, schöner denn klug? Sie scheinen einem Reh zu gehören, das ein Automobil vorüberflitzen sieht ...

Vom ersten Stock fällt wie ein Messer eine Stimme auf uns herab (Oh, ich kenne ihren schneidenden Klang!):

»Orange! Mit wem reden Sie?«

»Mit jemandem, Mmmzelle!« ruft die kleine Unschuld, setzt sich in Trab und klettert die Treppe hinauf, die zu Schlafsälen und Wohnungen führt.

Ich wende mich um, mit lachenden Augen. Renauds Interesse ist rege: seine Nasenflügel zittern unmerklich.

»Orange! Hast du gehört, Claudine? Man wird sie noch auspressen, mit diesem Namen! Ein Glück, daß ich ein Herr vorgerückten Alters bin ...«

»Still, Sie Verführer Minderjähriger! Ich höre kommen!«

Kurzes Geflüster, ein knapper, beherrschter Schritt, und Mademoiselle Sergent erscheint, schwarz gekleidet, das rote Haar von der sinkenden Sonne in Brand gesteckt, so unverändert, daß ich Lust verspüre, sie zu beißen, zu umarmen, um der ganzen Vergangenheit willen, die mir aus ihrem schwarzen, durchdringenden Blick entgegensprüht.

Sie hält jäh inne, bleibt stehen – etwa zwei Sekunden lang. Das genügt. Sie hat alles gesehen. Daß ich Claudine bin, mit kurzem Haar, größeren Augen, schmälerem Gesicht, daß Renaud mein Gatte und – zerspring nur! – noch immer ein schöner Mann ist.

»Claudine! Oh! Sie haben sich nicht verändert! Warum verständigten Sie mich nicht? Guten Tag, Monsieur! Dieses Kind hat mir kein Wort von Ihrem Besuch geschrieben! Verdient das nicht zweihundert Zeilen Strafarbeit? Ist sie noch immer so jung? Noch immer so fürchterlich? Sind Sie sicher, gut gewählt zu haben?«

»Nein, Mademoiselle, ganz und gar nicht. Aber ich hatte kaum Zeit, zu überlegen, und wollte eine Eheschließung *in extremis* vermeiden.«

Schon recht. Sie werden sich vertragen! Mademoiselle hat eine Vorliebe für stattliche Männer, wenngleich sie sich ihrer nur selten bedient.

Ich lasse die beiden plaudern – mögen sie zusehen, wie sie miteinander zurechtkommen –, gehe in die Klasse, streiche umher, suche das Pult, an dem Luce meine Nachbarin war, und entdecke zu guter Letzt unter Tintenklecksen, frischen und nachgedunkelten Narben die Reste einer eingeschnitzten Inschrift: »...uce und Claudi... 15. Februar 18...«

Habe ich die Lippen daraufgedrückt? Ich werde es nicht gestehen ... Beim Darüberneigen streifte wohl mein Mund das rissige Holz ... Wollte ich aber ehrlich sein, müßte ich zugeben, daß mir jetzt, jetzt erst klar wird, wie hart ich die unterwürfige Zärtlichkeit dieser armen Lucy verkannte. Ja, es bedurfte zweier Jahre, eines Gatten und der Rückkehr in diese Schule, um mich verstehen zu lassen, was ihre Demut, ihre Frische, ihre süße, hemmungslos dargebotene Perversität verdient hätten.

Die Stimme Mademoiselle Sergents reißt mich aus meinen Träumereien:

»Sie sind wohl übergeschnappt, Claudine? Eben sagt mir Ihr Mann, Sie hätten Ihre Koffer bei Lange gelassen?«

»Wo sonst? Hätte ich mein Nachthemd in die Gepäckaufbewahrung geben sollen?«

»Das ist einfach lächerlich! Oben steht eine Menge leerer Betten, ganz zu schweigen vom Zimmer Mademoiselle Lanthenays ...«

»Wie?« rufe ich erstaunt, »sie ist nicht hier?«

»Aber, aber! Wo haben Sie Ihre Gedanken?« (Sie tritt nahe an mich heran und streicht mir sanft übers Haar, mit kaum verhehlter Ironie.) »Während der Ferien, Madame Claudine, weilen die Hilfslehrerinnen im Kreise ihrer Familien!«

Pardauz! Und ich hatte zu Renauds Erheiterung und Erbauung so fest darauf gezählt, ihm das Paar Sergent-Lanthenay vorführen zu können, hatte gedacht, daß nicht einmal die Ferien diese ideale Ehe zu trennen vermochten ... Wenn Aimée, das kleine Biest, lange »im Kreise ihrer Familie weilt«, fress' ich einen Besen ... Nun verstehe ich auch den erstaunlich liebenswürdigen Empfang von seiten Mademoiselles: wir stören keinerlei Tête-à-tête. Schade!

»Danke, Mmmzelle! Ich werde mit Vergnügen in der Schule übernachten. Eine bessere Verjüngungskur kann ich mir kaum vorstellen. Apropos: was ist das für eine grüne Orange, die uns da empfangen hat?«

»Ach, ein nichtsnutziges Ding, das bei der Prüfung durchgefallen ist. Dabei wurde ihr Schulgeldbefreiung gewährt! Sie ist fünfzehn. Eine unmögliche Geschichte! Zur Strafe verbringt sie die Ferien hier, was sie aber ziemlich kalt läßt. Im übrigen ist sie nicht die einzige: ich habe noch zwei andere hier, Pariserinnen, die bis Oktober den ländlichen Frieden genießen ... Aber das alles werden Sie früh genug zu Gesicht bekommen. Jetzt werde ich Sie einmal unterbringen ...«

Sie blickt mich von der Seite an und fragt unbefangen:

»Sie haben doch nichts dagegen, in Mademoiselle Aimées Zimmer zu übernachten?«

»Ich habe nichts dagegen, in Mademoiselle Aimées Zimmer zu übernachten!«

Renaud folgt, schnuppert, amüsiert sich. Angesichts der ungeschickten zweifarbigen Zeichnungen, die mit vier Reißnägeln an den Korridorwänden befestigt sind, blähen sich seine Nasenlöcher vor Freude, und sein ironischer Schnurrbart zittert kaum merklich.

Das Zimmer der Favoritin ... alle Achtung! Es hat sich wesentlich verändert. Ein weißes Bett für anderthalb Personen, rauschende Gardinen, eine Kamingarnitur (au weh!) aus Kupfer und Alabaster, die spiegelnde, aufdringliche Sauberkeit des ganzen Raums, der schwache Parfumduft, der in den Vorhangfalten nistet ... all das beschäftigt meine Phantasie.

»Hör einmal, mein Kleines«, sagt Renaud, kaum daß die Tür hinter uns ins Schloß fällt, »diese Hilfslehrerinnenzimmer sind gar nicht so übel! Fast versöhnen sie mich mit deinem Erziehungstempel.«

Ich breche in Gelächter aus:

»Sie glauben doch nicht im Ernst, daß das die offizielle Einrichtung ist?! Erinnern Sie sich doch! Habe ich Ihnen nicht des langen und breiten von Aimée erzählt, von der Rolle, die sie hier spielt? Sie ist die anerkannte Favoritin! Die andere Hilfslehrerin hat sich mit einem Weichholztisch zufriedenzugeben, einem Eisenbett, Breite: 90 cm, und einer Waschschüssel, in der ich kein Kind Fanchettes ertränken würde ...«

»Oh! Soll das etwa heißen, daß in diesem Zimmer ...«

»Gott, ja, in diesem Zimmer ...«

»Claudine, du kannst dir kaum vorstellen, wie sehr mich diese anstößigen Bilder verfolgen ...«

Doch, doch, ich kann's mir sehr gut vorstellen! Aber ich habe nun einmal beschlossen, blind und taub zu sein, und betrachte das skandalumwitterte Bett mit verächtlich geschürzten Lippen. Für »sie« ist es vielleicht breit genug. Für uns nicht! Ich werde viel auszustehen haben, heute nacht, werde Renaud kaum bändigen können, unter Hitze leiden und meine Beine zusammenpressen müssen. Dabei spreize ich sie am liebsten weit auseinander. Und diese müde Einbuchtung in der Mitte – pfui Teufel! Die geliebte, vertraute Landschaft, vom offenen Fenster umrahmt, schenkt mir die gute Laune wieder. Wälder, Wiesen, kärgliche, abgeerntete Felder, Ziegeldächer, deren roter Schein den Abend tönt ...

»Oh, Renaud! Sehen Sie das Dach dort drüben? Das ist eine Töpferwerkstatt. Braune, glänzendglasierte Töpfe entstehen dort, Henkelkrüge mit wegstehendem, obszönem Nabel –«

»Krügekenpiss? Warum nicht? Das stell' ich mir sehr hübsch vor ...«

»Als Kind besuchte ich die Töpfer ab und zu. Sie schenkten mir kleine Schüsseln oder flache Feldflaschen, schnippten den Ton von den Fingern und sagten stolz: ›Wir liefern sogar nach Paris! An die »Auberge des Adrets«!‹«

»Wirklich, mein lockiger Hirt? Ich alter Mann habe aus diesen Krügen einige Male getrunken, ahnungslos, daß deine schlanken Finger über ihren gewölbten Bauch geglitten waren ... Ich liebe dich ...«

Frische Stimmen, trappelnde Füßchen. Wir fahren auseinander.

Vor unserer Tür verlangsamen sich die Schritte, das Sprechen wird zum Geflüster. Es pocht schüchtern.

»Herein!«

Orange erscheint, hochroten Gesichts, geschwellt von ihrer eigenen Wichtigkeit.

»Die Koffer sind da. Racalin hat sie eben von Lange gebracht!«

Schwarze Schürzen drängen nach: ein etwa zehnjähriges Mädelchen, rothaarig, munter und possierlich, eine vierzehn- bis fünfzehnjährige Brünette mit mattem Teint und schwarzen, glänzenden Augen, die aussehen, als seien sie flüssig. Ich betrachte sie: verschreckt weicht sie zur Seite und gibt den Blick auf eine zweite Dunkelhaarige frei, die ihr zum Verwechseln ähnlich sieht: gleiches Alter, gleicher Teint, gleiche Augen ... Wie lustig! Ich zupfe sie am Ärmel:

»Wie viele gibt's von eurer Sorte?«

»Zwei. Wir sind Schwestern.«

»Was Sie nicht sagen ... Von hier seid ihr nicht, das merkt man auf den ersten Blick.«

»O nein! Wir sind aus Paris!«

Dieser Ton! Dieses kaum merkbare Lächeln verachtungsvoller Überlegenheit! Die Kleine ist zum Fressen!

Orange schleppt den schweren Koffer heran. Renaud reißt ihn ihr aus der Hand, äußerst dienstfertig.

»Wie alt sind Sie, Orange?«

»Fünfzehn Jahre und zehn Monate, Monsieur.«

»Sind Sie noch ledig?«

Allgemeines Gelächter. Die Kleinen schütteln sich wie die nassen Pudel. Auch Orange lacht, unschuldig und arglos. Da zeigen sich die beiden Schwestern (rot wie Blut, weiß wie Schnee, schwarz wie Ebenholz) schon wesentlich koketter. Und die kleine Zehnjährige im Gestrüpp ihres karottenfarbenen Haars? Wenn sie so weiterlacht, wird sie noch krank werden! Bravo! So ist's recht! Jetzt erkenne ich meine Schule wieder!

Renaud läßt nicht locker.

»Orange«, sagt er mit unbewegter Miene, »ich bin überzeugt, Sie mögen Bonbons!«

Orange betrachtet ihn aus ihren goldbraunen Augen, als wolle sie ihm ihre Seele schenken. »Oh! ja, Monsieur.«

»Also gut! Ich gehe welche kaufen. Laß nur, Liebste, ich finde schon hin!«

Ich bleibe zurück, in Gesellschaft der Kleinen. Sie horchen auf jedes Geräusch, ängstlich, im Zimmer der »Dame« ertappt zu werden. Diese Schüchternheit paßt mir ganz und gar nicht. Ich will sie zutraulich, ausgelassen.

»Wie heißt ihr Milchgesichter?«

»Hélène Jousserand, Madame.«

»Isabelle Jousserand, Madame.«

»Nennt mich nicht Madame! Ich bin Claudine. Wißt ihr nicht, wer Claudine ist?«

»O doch!« ruft Hélène, die jüngere (und hübschere). »Immer, wenn wir schlimm sind, sagt Mademoiselle ...«

Ein Rippenstoß der Schwester läßt sie verstummen.

»Weiter, weiter! Hör nicht auf deine Schwester!«

»Sie sagt: ›Das ist ja zum Auswachsen! Als ob Claudine noch da wäre!‹ Oder: ›Das ist Claudines würdig!‹«

(Freudentanz Claudines.)

»Herrlich! Herrlich! Ich bin also die Vogelscheuche, das Ungeheuer, das Fabeltier! Bin ich auch so häßlich, wie ihr gehofft hattet?«

»O nein!« erwidert die kleine Hélène zögernd und zärtlich, senkt aber rasch ein doppeltes Wimperngitter über die sanften Augen ...

Luces schmeichelnder Schatten spukt in diesen Räumen. Oder sollte es schon mehrere Beispiele geben ... Ich muß die Kleinen zum Sprechen bringen!

»Du da, geh auf den Gang hinaus und schau nach, ob ich dort bin!«

Die kleine Rothaarige, von Neugier zerfressen, murrt und rührt sich nicht. Doch Hélène Jousserand ruft mit zorngeröteten Wangen:

»Hast du nicht gehört, Nana, was die Dame sagt? Wart nur, Alte, wenn du hierbleibst, erzähle ich Mademoiselle, daß deine Nachbarin dir Bonbons gibt, damit du ihre Briefe zu den Jungen hinüberträgst!«

Die Kleine saust davon. Ich lege die Arme um die Schultern der Schwestern und begutachte sie aus der Nähe. Hélène ist hübscher, Isabelle ernster, mit der Andeutung eines Schnurrbarts auf der Oberlippe. Er wird sich in späteren Jahren peinlich bemerkbar machen.

»Sagt einmal, Hélène und Isabelle – seit wann ist Mademoiselle Aimée fort?«

»Seit ... zwölf Tagen«, erwidert Hélène.

»Seit dreizehn«, verbessert Isabelle.

»Versteht sie sich noch immer so gut mit Mademoiselle? Unter uns, natürlich!«

Isabelle errötet, Hélène lächelt.

»Gut. Das genügt. Zu meiner Zeit war es genauso, liebe Kinder. Diese ... Freundschaft währt bereits drei Jahre!«

»Oh!« rufen sie wie aus einem Munde.

»Jawohl! Vor zwei Jahren bin ich aus der Schule ausgetreten, ein ganzes Jahr sah ich sie zusammen – ein Jahr, das ich nie vergessen werde. – Ist die gemeine kleine Lanthenay noch immer so hübsch?«

»Ja«, sagt Isabelle.

»Aber Sie sind hübscher«, murmelt Hélène, immer zutraulicher werdend.

Ich grabe meine Nägel in ihren Nacken wie seinerzeit der kleinen Luce. Als Liebkosung. Sie zuckt mit keiner Wimper.

Die Luft dieser wiedergefundenen Schule bringt mich noch um den Verstand.

Orange hört wohlwollend zu, offenen Mundes, mit hängenden Armen, doch ihre Seele weilt anderswo. Von Zeit zu Zeit neigt sie sich aus dem Fenster, nach den Bonbons Ausschau haltend.

Ich bohre weiter.

»Hélène, Isabelle, los, plaudert ein wenig! Wie heißen die Großen der ersten Klasse?«

»Liline ... Mathilde ...«

»Nein, wirklich? Doch ja ... vor zwei Jahren ... Ist Liline noch immer so schön? Ich nannte sie Gioconda ... wegen ihrer meergrünen Augen, ihres schmalen, beredten Munds ...«

»Oh«, unterbricht mich Hélène und zieht ein feuchtes Mäulchen, »so schön ist sie nun wieder nicht! Zumindest heuer –«

»Das ist nicht wahr!« fährt Isabelle – die Bärtige – dazwischen, »Liline ist die allerhübscheste!«

»Pah! Man weiß ja, warum du das behauptest! Und warum euch Mademoiselle auseinandergesetzt hat! Ihr ›lernt‹ ja so gern aus ein und demselben Buch ...«

Aus den schönen Augen der älteren springen Tränen.

»Wollen Sie wohl Ihre Schwester in Ruhe lassen, kleines Biest! Als ob Sie selber aussähen wie eine Heilige! Das Kind folgt schließlich nur dem Beispiel Mademoiselles ...«

Herrlich, herrlich! Die Schule hat Fortschritte gemacht! Zu meiner Zeit schrieb nur Luce mir Liebesbriefe; selbst Anaïs war über Burschen nicht hinausgekommen. Im übrigen sind die Kleinen reizend. Sollte sich Doktor Dutertre noch immer als Distriktskandidat betätigen, ist er wahrhaftig nicht zu bedauern.

Oh, wir sind des Ansehens wert. Rechts und links je eine Brünette, dazwischen Claudines erhitztes, lockenumspieltes

Gesicht, abseits die frische Orange, unschuldig betrachtend ... hereinspaziert, ihr älteren Herren! Was heißt »älter«? Ich kenne jüngere, die nicht anstehen würden ... Renaud wird bald zurückkommen ...

»Orange, schauen Sie doch zum Fenster hinaus! Wo bleibt der Herr mit den Bonbons?« Und ich frage flüsternd meine hübsche Hélène, die sich vertrauensvoll an meine Schulter lehnt: »Heißt sie wirklich Orange?«

»Ja. Marie Orange. Aber wir nennen sie nur ›Orange‹.«

»Sie hat nicht gerade das Pulver erfunden, wie?«

»O nein! Aber sie macht keinen Lärm und widerspricht nie.«

Ich träume. Die Kleinen schauen mich an wie beruhigte Tiere, begutachten mit neugierigem Blick und leichter Pfote mein kurzes, lockeres Haar – »Naturwellen, nicht wahr?« –, meinen weißen, handbreiten Sämischgürtel – »Siehst du! Und du behauptest, man trägt keine breiten Gürtel mehr!« –, die matte Goldschnalle, ein Geschenk Renauds (wie alles, was ich trage), meinen steifen weißen Kragen, die blaßblaue, in tiefe Falten gelegte Batistbluse ... Die Zeit verrinnt. Ich denke daran, daß ich morgen abreise; daß alles nur ein kurzer Traum ist; daß ich, eifersüchtig auf eine Gegenwart, die mich schon vergessen dünkt, hier irgendeinem Ding, irgendeinem Menschen ein süßes, heimliches Erinnern einbrennen möchte ... Ich ziehe Hélène enger an mich und sage mit fast unhörbarer Stimme:

»Wenn ich Ihre Mitschülerin wäre, kleine Hélène, würden Sie mich dann ebensosehr lieben wie Ihre Schwester die schöne Liline?«

»Das weiß ich nicht ...«

Aber ich weiß es ...

Orange, die noch immer beim Fenster steht, bricht in lärmendes Frohlocken aus: »Säcke! Säcke! Er hat Säcke!«

Nach diesem Freudenausbruch vollzieht sich Renauds Einzug in heiliger Stille. Alles, was die dürftige Konditorei von Montigny zu bieten hatte, hat er gekauft: Cremeschokolade, gestreifte Karamellen, saure Zuckerln, die nach Apfelmost schmecken. Aber was auch immer ... so viele Bonbons! Ich will auch welche!

Renaud bleibt auf der Schwelle stehen, betrachtet uns mit einem Lächeln ... einem Lächeln, das ich kenne ... und erbarmt sich endlich der zitternden Orange.

»Was haben Sie am liebsten, Orange?«

»Alles!« ruft die Gefragte berauscht.

»Oh!« entrüsten sich die beiden andern.

»Orange« – Renaud prickelt vor Vergnügen –, »ich schenke Ihnen den ganzen Sack, wenn Sie mir einen Kuß geben ... Du gestattest doch, Claudine?«

»Aber bitte!«

Orange zögert ein paar Sekunden, hin und her gerissen zwischen Naschhaftigkeit und Ehrfurcht vor den guten Sitten, läßt ihren unschuldigen goldbraunen Blick flehend von ihren feindseligen Kameradinnen zu mir, zum Himmel, zu den Säcken wandern – mein Freund hält sie ihr mit ausgestrecktem Arm entgegen –, wirft sich schließlich an Renauds Hals, mit der ganzen, ein wenig einfältigen Anmut ihrer kleinen Person, wird puterrot, bekommt ihren Sack und verzieht sich damit in eine Ecke, um ihn in Ruhe zu öffnen.

Indessen plündere ich eine Schachtel Dragées, von den beiden Schwestern schweigend, aber gewandt unterstützt. Unfehlbar und unermüdlich pendelt Hélènes kleine Hand zwischen Mund und Schachtel hin und her ... Wer hätte gedacht, daß dieser kleine Mund so tief sei!

Ein greller Glockenton verscheucht die kleinen Mädchen, reißt Renaud aus seiner Betrachtung, beendet das

Idyll. Sie stieben davon wie kleine Kätzchen, ohne uns anzusehen, ohne ein Wort des Danks.

Nachtmahl im Speisesaal. Renaud unterhält sich glänzend. Ich langweile mich ein wenig. Die Stunde ist zwielichtig. Dämmerung lastet über den Wäldern, sinkt langsam nieder ... Meine Gedanken schweifen ab ... Renaud ist zufrieden. Wie gut verstand es auch die durchtriebene Frau Direktor, seine Neugier zu wecken! In weißgetünchtem Raum, an weißgedecktem Tisch, angesichts reizender Mädelchen in schwarzen Schulschürzen – verächtlich wie Kinder, die sich eben an Bonbons überessen haben, stochern sie in ihrem Gemüse herum –, erzählt Mademoiselle von mir. Jawohl, sie spricht von mir. Zuweilen senkt sie ihre Stimme, zum Verdruß der beiden Jousserand, die die Ohren spitzen. Auch ich höre zu, ein wenig müde zwar, aber lächelnd.

»Sie war ein wilder Junge, Monsieur, und lange Zeit wußte ich mir kaum zu helfen! Mit vierzehn weilte sie am liebsten zehn Meter über dem Boden, vornehmlich damit beschäftigt, die Beine herzuzeigen, bis zu den Augen! Sie war auch nicht frei von Grausamkeit, jener Grausamkeit der Kinder für die Erwachsenen (au weh!), aber sie hat sich nicht verändert: reizend war sie, reizend ist sie geblieben ... Mich mochte sie nie! Trotzdem hatte ich meine Freude an ihrer Anmut, ihrer Geschmeidigkeit! Die Stiege zum Beispiel, die hier heraufführt, hat sie niemals benützt! Nur das Geländer! Denken Sie, Monsieur – welch ein Beispiel!«

Der perfid-mütterliche Ton dieser Lobeshymne unterhält mich über die Maßen und entzündet in Renauds Augen ein dunkles, gefährliches Licht, das ich wohl zu deuten weiß. Er betrachtet Orange und sieht Claudine, eine vierzehnjährige Claudine, die ihre Beine »bis zu den Augen« herzeigt (bis zu den Augen? Aber, Mademoiselle! Der Ton des Hauses hat sich seit meinem Fortgang beachtlich gesteigert!), betrachtet Hélène und sieht wiederum Claudine, eine freche, tintenbekleckerte Claudine, im Reitsitz auf dem Stiegengeländer ... Die Nacht wird heiß sein ... Und da Mademoiselle die arme Orange anschreit: »Wenn Sie noch einmal Salz mit den Fingern nehmen, lasse ich Sie fünf Seiten Blanchet abschreiben!«, bricht er in nervöses Lachen aus.

Die kleine, stille Hélène sucht meinen Blick, flieht ihn, sobald sie ihn gefunden hat. Sie ist entschieden hübscher als ihre Schwester Isabelle, deren Hauch von Schnurrbart dem Mund, sobald ihn das Tageslicht nicht mehr übersilbert, das Aussehen schlecht gewaschener Kinderlippen verleiht.

»Mademoiselle«, fragt Renaud plötzlich, »gestatten Sie morgen früh eine große Bonbonverteilung?«

Der kleinen Rothaarigen – während des Nachtmahls hat diese verkörperte Gefräßigkeit sämtliche Krumen aufgelesen und alle Schüsseln ausgeleckt – entfährt ein Stöhnen der Gier. Nein, die verächtlichen Blicke der drei Großen, die sich erst vorhin mit klebrigem Zeug vollgestopft haben ...

»Meinetwegen!« erwidert Mademoiselle. »Sie verdienen zwar alles andere als Bonbons, aber der Anlaß ist schließlich außergewöhnlich! So bedankt euch doch, kleine Gänse! Und jetzt marsch ins Bett! Es ist fast neun!«

»Oh, Mmmzelle, darf ich Renaud den Schlafsaal zeigen, bevor sich die Kinder niederlegen?«

»Selbst Kind!« erwidert die Frau Direktor und erhebt sich. »Jawohl, Sie dürfen! Und was euch anlangt, kleine Schlampsäcke, so wehe euch, wenn ich auch nur das geringste herumliegen sehe!«

Weiß-grau, weiß-blau, weiß-gelb sind Mauern, Vorhänge und Betten des Schlafsaals, die an zu eng gewickelte Säuglinge erinnern. Renaud holt tief Atem. Ein eigenartiger, alles durchsetzender Geruch liegt in der Luft, ein Geruch nach gesunden Kindern, Schlaf und Sumpfminze: ihre würzigen Blüten hängen von der Decke herab, zu duftendem Strauß gebunden. Renauds feine Nase kostet, sondert, überlegt. Indessen greift Mademoiselle aus alter Gewohnheit unter die Kopfpolster, auf der Suche nach angenagter Schokolade und verbotener Abendlektüre ...

Renauds heiße Finger spielen auf meiner Schulter eine unhörbare Melodie.

»Hast du auch hier geschlafen, Claudine?« fragt er sehr leise.

»Claudine?« kommt mir die Frau Direktor zuvor, die niemals schwerhörig war, »nein! Und mit gutem Grund! In welchem Zustand hätte ich am nächsten Morgen wohl Schlafsaal und Schläferinnen vorgefunden?«

»Und Schläferinnen!« hat sie gesagt! Schau, schau! Nein, ich kann diese pikanten Anspielungen nicht länger dulden, mein ganzes Sittlichkeitsempfinden empört sich bereits! Gehen wir schlafen.

»Haben Sie alles gesehen, Renaud?«

»Alles.«

»Also dann vorwärts, heia!«

Hinter uns wird geflüstert. Oh, ich ahne, was sie murmeln, die kleinen Braunhaarigen! »Wie? Sie wird mit diesem Herrn schlafen? In Mademoiselle Aimées Bett? So viele Männer hat es in seinem Leben noch nicht gesehen, Mademoiselle Aimées Bett!«

Gehen wir! Ich lächle der kleinen Hélène zu: sie flicht ihr Haar zu Zöpfen, das Kinn auf die Schulter geneigt. So gehen wir doch!

Ein enges, helles Zimmer; eine Lampe, die heiß anläuft; ein Fenster voll reiner, blauer Nacht; draußen, auf gefährlichem Sims, geht eine Katze spazieren – ein kleines lautloses Samtgespenst.

Mein Gatte glüht. Er hat mich den ganzen Abend gestreift, unter vielerlei verjüngter Gestalt ... Die Erregung dehnt seinen Mund zu waagrechtem Lächeln ...

Claudines kurzer Schlummer, sie liegt auf dem Bauch, die Hände auf dem Rücken gefaltet, »wie eine gefesselte Sklavin«, sagt Renaud ...

Die Morgendämmerung: sie lockt mich ans Fenster, im Nachthemd; ja, ich will über dem Wald von Moustiers die Nebel wallen sehen, will den Amboß der Schmiede von Choucas läuten hören. Heute, wie ehedem, erklingt er in Gis-Dur ...

Oh, von dieser Nacht ist mir alles, alles geblieben.

Tiefe Stille in der Schule. Es ist erst sechs Uhr. Renaud fühlt, daß ich nicht mehr neben ihm liege, erwacht, lauscht der silbernen Melodie des Schmieds und pfeift ein Motiv aus »Siegfried« ...

Er ist des Morgens nicht häßlich – welch unschätzbarer Vorteil für einen Mann! –, fährt sich zuallererst mit den Fingern durchs Haar, von rechts nach links, packt die Karaffe und stürzt ein großes Glas Wasser hinunter. Das werde ich nie begreifen! Wie kann man auf nüchternen Magen kalt trinken? Wie kann ihm das schmecken, wo es mir nicht schmeckt?

»Wann fahren wir, Claudine?«

»Ich weiß nicht. So schnell?«

»So schnell. Hier gehörst du mir nicht, betrügst mich mit jedem Geruch, jedem Geräusch, jedem wiedergefundenen Gesicht! Jeder Baum besitzt dich ...«

(Ich winke lachend ab, weiß aber nichts zu erwidern. Renaud hat nicht ganz unrecht. Und da ich schließlich nicht mehr hier zu Hause bin ...)

»Um zwei.«

Versöhnt betrachtet er das Zuckerwerk, das sich auf dem Nachttisch türmt.

»Was meinst du, Claudine – sollten wir nicht die Kleinen mit Bonbons wecken gehen?«

»Wenn Mademoiselle uns erwischt ...«

»Du fürchtest die rächende Strafarbeit?«

»Nein – und überhaupt – soll sie uns erwischen! Desto größer der Spaß!«

»Oh, Claudine, geliebter Wildfang! Komm, laß dich atmen, aufgeschlagenes Schulheft ...«

»Achtung, Renaud! Sie zerknittern meinen Umschlag! Wenn wir noch länger warten, erhebt sich Mademoiselle ...«

Bonbonsbeladen schleichen wir zum Schlafsaal, Renaud blau-weiß in seinem Pyjama, ich weiß und lang in weitem Nachthemd. Ehe ich die Türe aufstoße, lausche ich ... Tiefe Stille. Sachte treten wir ein ...

Wie könnt ihr nur schlafen, ihr elenden Kleinen! Das helle Tageslicht flutet herein, die Sonne vergoldet die weißen Vorhänge!

Sogleich suche ich das Bett Hélènes: das hübsche Gesichtchen ist unsichtbar, im Polster vergraben. Man sieht nur den schwarzen, schlangengleichen Zopf. Neben ihr schläft die Schwester auf dem Rücken, stocksteif, mit ernster, gesammelter Miene, die langen Wimpern auf die Wangen gesenkt. Ein paar Schritte weiter schnarcht offenen Mundes Nana, umlodert von ihrem roten Haar. Sie sieht aus wie ein achtlos hingeworfener Hampelmann.

Renaud jedoch hat nur Augen für Orange, diese Orange, der sichtlich zu heiß ist: eingemummt in ihr langärmeliges Nachthemd – rund und rührend zeichnet sich unter dem weißen Stoff der kleine Hintern ab –, schläft sie auf der Decke, mit glatt zurückgekämmtem Haar, geballten Fäusten, fest geschlossenem Mund, einer weißen und einer rosigen Wange.

Hübsch, hübsch! Die Belegschaft hat sich verschönt, das muß man ihr lassen! Zu meiner Zeit hätten die Internen sogar Dutertre zur Keuschheit bekehrt, diesen Dorf-Don-Juan ...

Entzückt wie ich – und anderweitig auch – nähert sich Renaud dem Bett Oranges, seines erklärten Lieblings, und läßt ein Pistazienfondant auf ihre Samtwange fallen. Die Wange belebt sich, der reizende kleine Hintern gerät in Bewegung. Orange schlägt die Augen auf.

»Guten Morgen, Orange!«

Oranges goldbrauner, kugelrunder Blick spiegelt Staunen und Vertrauen. Sie setzt sich auf, versteht offensichtlich nicht, was um sie vorgeht, legt aber wie von selbst die Hand auf das grüne Bonbon.

»Ah!« macht sie, steckt es in den Mund und trompetet:

»Guten Morgen, Monsieur!«

Ihre helle Stimme, mein Lachen – und schon wogen auf dem Nachbarbett die Decken, die Schlange wird zum Zopf, und Hélène richtet sich auf, dunkler als ein braungefiedertes Vögelchen. Der Schlaf verläßt sie nur widerwillig. Sie betrachtet uns, knüpft Heute an Gestern, erinnert sich, und zarte Röte überzieht die ambrafarbenen Wangen. Reizend zerrauft, bändigt sie mit einer Handbewegung eine Locke, die ihr Näschen verhüllte, entdeckt Orange, die kauend im Bett sitzt, und ruft besorgt:

»Oh! Sie wird alle aufessen!«

Dieser kindliche, mit ausgestrecktem Finger hervorgestoßene Angstschrei entzückt mich über die Maßen. Ich hocke mich im Türkensitz auf Hélènes Bett. Sie zieht die Füße an sich und errötet heftig.

Ihre Schwester erwacht, rekelt sich, läßt einige unverständliche Laute hören und bringt mit züchtigen Händen ihr verschobenes Nachthemd in Ordnung. Und Nana, die karottenfarbene Kleine? Sie stöhnt vor Genäschigkeit und ringt die Hände beim Anblick Oranges, die sich mit Zukkerln vollstopft, unermüdlich und gewissenhaft ...

»Renaud, das ist grausam! Ich gebe zu, daß Orange des Reizes nicht entbehrt, aber deshalb können Sie Hélène und den andern auch etwas geben!«

Renaud blickt auf, tritt einen Schritt näher und erklärt feierlich: »Also gut! Aufgepaßt! Ich gebe kein einziges Bonbon mehr her, es sei denn« (atemlose Stille), »man kommt es holen!«

Die Mädchen werfen einander verstörte Blicke zu. Aber schon schwingen sich Nanas kurze Beine aus dem Bett, schon prüft sie, ob ihre Füße auch sauber sind, schon rafft sie ihr langes Nachthemd, um nicht zu stolpern, und tappt Renaud entgegen, in höchster Eile, rotbackig und zerrauft wie ein Kind auf einer vierfarbigen Weihnachtskarte, bemächtigt sich des Sacks, den Renaud ihr zuwirft, und kehrt in ihr Bett zurück, japsend wie ein zufriedenes Hündchen.

Jetzt hält auch Orange nicht länger an sich, wirft die verhüllenden Decken ab, einer runden, vom Tageslicht flüchtig vergoldeten Wade nicht achtend, eilt zu Renaud, der die begehrten Fondants hoch in die Luft hebt, und jammert:

»Oh, Monsieur! Zu klein! Zu klein!«

Soll heute fehlschlagen, was gestern wirkte? Kurz entschlossen wirft sich Orange an Renauds Hals und küßt ihn aus Leibeskräften. Keine Angst, es wirkt auch heute noch! Dieses Spiel beginnt mir zu mißfallen.

»Geh doch hin, Hélène«, raunt Isabelle giftig.

»Geh selber! Du bist älter. Und gieriger.«

»Das ist nicht wahr!«

»So? Bitte! Wie du willst! Ich gehe nicht hin! Soll Orange alles fressen! Hoffentlich wird ihr schlecht ...«

Der Gedanke, daß Orange alle Bonbons essen könnte,

jagt Isabelle aus dem Bett. Sie springt zu Boden. Ich halte Hélène zurück – durch die Decke hindurch habe ich ihren schlanken Knöchel gefaßt – und sage:

»Bleiben Sie, Hélène! Ich hole Ihnen welche!«

Isabelle kehrt siegreich zurück. Doch während sie hastig ins Bett steigt, kläfft die kleine Nana: »Isabelle hat Haare auf den Beinen! Isabelle hat Haare auf den Beinen! Eine ganze Menge!«

»Du unanständiges Ding!« schreit die Beschuldigte, vergräbt sich in ihre Decke, daß nur zwei zornfunkelnde Augen hervorblitzen, beschimpft und bedroht Nana, bis ihre Stimme versagt und sie in Tränen ausbricht.

»Also bitte, Renaud! Da haben Sie die Bescherung!«

Der garstige Junge lacht so sehr, daß der letzte Sack seinen Händen entgleitet und auf dem Boden zerplatzt.

»Worin soll ich sie auflesen?« frage ich meine kleine Hélène.

»Ich weiß nicht – ich habe nichts – ach ja, doch, meine Waschschüssel ... die dritte von links ...«

Ich bringe ihr die emaillierte Schüssel, randvoll mit buntem Abfall.

»Renaud, schauen Sie doch hinaus! Ich glaube, es kommt jemand!«

Und ich setze mich wieder auf das Bett meiner kleinen Hélène. Sie knabbert, schleckt und betrachtet mich verstohlen. Wenn ich ihr zulächle, lächelt sie zurück, schüchtern und errötend, und ihr Lächeln, feucht, weiß, frisch und appetitlich, sieht aus, als könne man hineinbeißen.

»Worüber lachen Sie, Hélène?«

»Über Ihr Nachthemd. Wenn es nicht durchsichtig wäre und aus Batist – oder Crêpe de Chine? –, könnte es fast einer Internen gehören!«

»Aber ich bin doch eine Interne! Glauben Sie das nicht?«

»Oh! Nein ... und das ist schade.«

(Schon recht! Ich rücke näher.)

»Gefalle ich Ihnen?«

»Ja ... sehr«, murmelt sie.

Es klingt wie ein Seufzer.

»Wollen Sie mich küssen?« Sie fährt auf und sagt »Nein«, leise und entsetzt.

»Nein?« wiederhole ich flüsternd, dicht vor ihr, »nein? Ich kenne dieses ›nein‹, das ›ja‹ bedeutet ... ich habe selbst so gesprochen, früher einmal ...«

Flehenden Blicks deutet sie auf die Kameradinnen. Doch ich bin neugierig, grausam, gemein, will sie gerade von neuem quälen – da fliegt die Türe auf, und Renaud erscheint auf der Schwelle, gefolgt von Mademoiselle Sergent im Schlafrock – was sage ich! In prunkvollem Negligé, fix und fertig frisiert.

»Nun, Madame Claudine? Das Internat scheint Sie zu reizen?«

»Ich kann nicht leugnen, daß es eines gewissen Reizes heuer nicht entbehrt.«

»Nur heuer? Wie mir doch der Ehestand meine Claudine verändert hat! Vorwärts, vorwärts, meine Damen! Es ist schon fast acht! Um dreiviertel neun schaue ich unter die Betten, und wehe euch, wenn ich auch nur ein Stäubchen finde!«

Wir verlassen den Schlafsaal. Im Korridor wende ich mich an Mademoiselle Sergent:

»Ich hoffe, Sie verzeihen uns diesen morgendlichen Überfall, Mademoiselle?«

Sie erwidert leise, mit zweideutiger Freundlichkeit:

»Oh! In den Ferien! Im übrigen will ich es von seiten Ihres Gatten als rein ... väterliches Wohlwollen betrachten.«

Dieses Wort werde ich ihr so bald nicht verzeihen.

Vor dem Mittagessen gingen wir spazieren. Oh, ich habe sie nicht vergessen, diese Wallfahrt zu »meinem« Haus, die Beklemmung, die mich stumm und regungslos verharren ließ, versunken in den Anblick des freitreppenartigen Stiegenaufgangs, des nachgedunkelten Eisengeländers, des abgenützten Kupferrings, an dem ich nach der Schule Sturm zu läuten pflegte. Erst als ich den Ring kraft meines Blicks in meinen Händen zu fühlen glaubte, vermochte ich die Augen abzuwenden.

Renauds Aufmerksamkeit galt den Fenstern meines ehemaligen Zimmers. Ich sah durch Tränen zu ihm auf und bat:

»Gehen wir ... ich habe Kummer.«

Schweigend führte mich mein Gatte fort, mitleidend und verstehend. Ich drängte mich eng an ihn. Im Vorbeigehen drehte ich noch rasch den Fensterriegel, und dann ... adieu ...

Da habe ich nun die Bescherung: ich bedauere, nach Montigny gekommen zu sein! Was trieb mich denn her? Liebe, Heimweh, Stolz. Jawohl, auch Stolz. Ich wollte mit meinem Gatten prunken ... Aber kann man diesen väterlichen Liebhaber, diesen wollüstigen Beschützer »Gatte« nennen? Ich wollte Mademoiselle eins auswischen, der bösen Frau Direktor samt ihrer abwesenden Aimée. Und jetzt? Mir geschieht ganz recht: jetzt bin ich klein und beklemmt, hin und her gerissen zwischen zwei Heimstätten, und weiß nicht, wo ich hingehöre.

Meinetwegen schleppt sich das Mittagessen lustlos dahin. Mademoiselle sucht meine verstörte Miene zu deuten (ich auch). Die kleinen Mädchen, mit Süßigkeiten vollgestopft, stochern in den Speisen. Renaud lacht und fragt Orange:

»Sagen Sie immer ja, Orange? Zu allem?«

»Ja, Monsieur.«

»O runde, reife Orange! Fern sei es von mir, die Glücklichen zu bedauern, die Ihnen begegnen werden! In Ihnen schlummert eine schöne Zukunft ... redliches Teilen, ungetrübte Freude ...« Ein rascher Blick auf Mademoiselle, einer eventuellen Verstimmung vorzubeugen. Doch die Frau Direktor zuckt lediglich die Achseln und erwidert:

»Oh!! Bei Orange macht das gar nichts aus. Sie versteht niemals!«

»Vielleicht mit Gesten? ...«

»Bis zur Abfahrt wäre die Zeit zu kurz, Monsieur! Orange begreift frühestens bei der vierten Wiederholung!«

Mit einer Handbewegung unterdrücke ich die Ungeheuerlichkeit, die meinem garstigen Mann auf der Zunge schwebt, gespannt erwartet von meiner kleinen Hélène. (»Meine kleine Hélène!« Diesen Namen gab ich ihr sofort ...)

Adieu, adieu! Während ich die Koffer schließe, lärmt, läutet und flucht unten bereits der alte Racalin. Adieu!

Wie liebte – wie liebe ich diese hallenden weißen Gänge, diese große weiße Kaserne mit den scharfen, aus rosa Ziegeln gefügten Ecken, den schmalen, bewaldeten Horizont, ja selbst die Abneigung, die Mademoiselle mir einflößte. Wie liebte ich ihre kleine Aimée – und Luce, Luce, die ahnungslose, die es nie erfahren wird.

Ich verharre auf dem Stiegenabsatz, die Hand an die kühle Mauer gelegt.

Unten verhandelt Renaud mit Orange. (Schon wieder!)

»Adieu, Orange!«

»Adieu, Monsieur!«

»Werden Sie mir schreiben, Orange?«

»Ich weiß ja nicht, wie Sie heißen!«

»Lächerlicher Einwand! Ich heiße: ›Claudines Mann‹. Werden Sie mich wenigstens vermissen?«

»Ja, Monsieur.«

»Hauptsächlich wegen der Bonbons?«

»Ja, Monsieur.«

»Orange, Ihre verwerfliche Offenheit begeistert mich! Geben Sie mir einen Kuß!«

Hinter mir raschelt es sachte ... Meine kleine Hélène ist da. Ich wende mich um. Sie ist hübsch in ihrer Schwarz-Weiße, das Schweigen steht ihr reizend an. Sie sagte mir wohl gern etwas – ich weiß, es ist zu schwierig – und betrachtet mich wortlos aus dunklen Augen. Und während sich unten Orange an Renauds Hals wirft, friedvoll und gehorsam, schlinge ich den Arm um dieses stille kleine Mädchen, das nach Heften und Bleistiften, Zedern- und Sandelholz duftet. Sie erbebt und gewährt, und auf ihren weichen Lippen scheide ich endgültig von meiner jungen Vergangenheit ...

Meiner Vergangenheit? Nein, hier sollte ich wohl aufrichtig sein ... Hélène, zitternde, schon leidenschaftliche Hélène, die du ans Fenster liefst, mich abreisen zu sehen, nie wirst du erfahren, was dich mit kummervoller Überraschung erfüllen müßte: nicht dich küßte ich auf deinen ungeübten, fordernden Mund, sondern Luce, den Schatten meiner Luce.

Im Zuge werfe ich einen letzten Blick auf den Sarazenenturm – ein Gewitter braut sich zusammen und erdrückt ihn fast unter massigen Wolken – und warte, bis er hinter dem runden Rücken eines Hügels verschwunden ist. Dann erst, erleichtert wie nach schwerem Abschied, kehre ich zu meinem geliebten sorglosen Freund zurück, der mich bewundert (um nicht aus der Übung zu kommen), mich in die Arme nimmt und –

»Sagen Sie, Renaud – es ist anscheinend sehr angenehm, diese Orange zu küssen?«

Ich suche seinen Blick, ernst und forschend, ohne daß es mir gelänge, die schwarz-blaue Tiefe zu durchdringen, die mich stets an das unergründliche Dunkel eines Weihers gemahnt.

»Diese Orange? Liebste, solltest du mir die erfreuliche Ehre erweisen, eifersüchtig zu sein?«

»Oh, das ist keine Ehre! Es würde mir schwerfallen, die Eroberung Oranges als ›ehrenvoll‹ zu betrachten!«

»Mein hübsches, schlankes Kind, wenn du mir verboten hättest, Orange zu küssen, hätte ich keinerlei Verdienst gehabt, sie zu verlassen!«

Ja. Mein Wunsch ist ihm Befehl. Aber er hat meine Frage nicht beantwortet. Es ist anscheinend sehr angenehm, diese Orange zu küssen? Oh, er versteht es bestens, auszuweichen, sich niemals aus der Hand zu geben, mich in weiche, nachgiebige Zärtlichkeit zu hüllen.

Er liebt mich über alles. Das steht außer Frage. Ich liebe ihn, Gott sei's gedankt. Auch das ist sicher. Aber wer ist die Frau von uns beiden? Bin ich nicht männlicher als er, glaube ich nicht, einfacher, härter, düsterer, leidenschaftlicher zu sein?

Das Wort »aufrichtiger« vermeide ich absichtlich. Vor anderthalb Jahren hätte ich es noch gesagt. Damals wäre ich nicht so rasch der Versuchung erlegen, auf einem Stiegenabsatz diesen feuchten, kalten, einer gespaltenen Frucht gleichenden Kindermund zu küssen, unter dem Vorwand ewigen Abschieds von meiner schwarzbeschürzten Schul- und Kinderzeit ... Ich hätte es dabei bewenden lassen, das Pult zu küssen, darüber Luce ihre eigensinnige Stirne neigte ...

Seit anderthalb Jahren wächst in mir eine wohlige Verderbnis, durchdringt mich mehr und mehr. Ich danke sie Renaud. Wer das Leben mit ihm betrachtet, sieht Großes mählich kleiner, Ernstes heiter werden. Unnütze Nichtigkeiten – schädliche vor allem – gewinnen an Bedeutung, blähen sich zu ungeheurer Wichtigkeit auf. Wie sollte ich mich der unheilbaren, verführerischen Frivolität erwehren, die ihn fortreißt, und mich mit ihm?

Aber das ist nicht alles: Renaud hat mir das Wesen der Wollust entdeckt, das Geheimnis, genießend zu spenden, und ich bediene mich seiner mit Leidenschaft, wie ein Kind einer tödlichen Waffe. Er lehrte mich auch die selten versagende Macht meines schlanken, geschmeidigen Körpers – schmale Hüften, kleine Brüste, eine Haut, die der glatten Oberfläche dunkler Tongefäße gleicht – meiner tabakbraunen Augen, die an flackernder Tiefe gewonnen haben, meines kurzen, lockeren, kastanienfarbenen Haars ... All diese neuen Kräfte nütze ich halb unbewußt, wende sie gegen Renaud, so wie ich sie – ich will es nicht leugnen – an dieser reizenden Hélène erprobt hätte, wäre ich zwei Tage länger in der Schule geblieben ...

Oh, lassen Sie mich in Frieden! Sonst sage ich noch, Renaud ist schuld, daß ich die kleine Hélène küßte!

»Woran denkst du, kleine, schweigsame Claudine?«

Das fragte er – ich weiß es noch gut – in Heidelberg auf der Hotelterrasse. Ich hockte auf dem Boden, das Kinn auf die Fäuste gestützt, und ließ den Blick von der weit ausladenden Kurve des Neckars zu den verfälschten Ruinen des Schlosses schweifen, das zu unseren Füßen lag.

»An den Garten.«

»An welchen Garten?«

»An welchen Garten! An den Garten von Montigny, natürlich!«

Renaud wirft die Zigarette fort. (Er lebt göttergleich, von Wolken und Duft umgeben.)

»Seltsames kleines Mädchen ... Vor dieser Landschaft?! Willst du etwa behaupten, der Garten von Montigny sei schöner als das hier?«

»Gott bewahre! Aber er gehört mir!«

Da wären wir wieder. Wie oft haben wir vergebens versucht, einander zu begreifen. Renaud bezichtigte mich der Faulheit, Engstirnigkeit, des sitzenden Vagabundierens und suchte seine Anschuldigungen durch zärtliche, ein wenig geringschätzige Küsse zu mildern. Ich erwiderte lächelnd, ein Koffer genüge, um sein »Heim« einzuschließen. Wir haben beide recht, jeder auf seine Weise. Doch ich tadle ihn, anders zu denken als ich.

Er ist zu weit herumgekommen, ich nicht genug. Ich bin nur im Geist Nomade. Meinem Gatten folge ich fröhlich: kein Wunder. Ich bete ihn an. Aber ich liebe Fahrten, die ein Ende haben. Renaud liebt das Reisen um des Reisens willen, erwacht frohgemut unter fremdem Himmel und läßt sich von dem Gedanken, am gleichen Abend weiterfahren zu müssen, nicht aus der Ruhe bringen. Er sehnt sich nach den Bergen des Nachbarlandes, dem herben Wein eines andern, der trügerischen Annehmlichkeit jener Kurortkulisse, der Stille dieses einsamen Hügels, scheidet wieder und trennt sich leichten Herzens von Hügel, Blumen und Wein ...

Ich folge ihm. Auch ich freue mich – ja, ich freue mich wirklich – des hübschen Städtchens, der Sonne hinter jenen Föhren, des rauschenden Bergwinds. Aber meinen Knöchel umschlingt ein Band, dessen anderes Ende in Montigny verankert ist, um den Stamm des alten Nußbaums geschlungen.

Ich glaube nicht, eine entmenschte Tochter zu sein. Dennoch muß ich gestehen, daß Fanchette mir auf unseren Reisen kaum weniger fehlte als Papa. Schmerzlich vermißte ich meinen edlen Vater nur in Deutschland, beim Anblick zahlreicher Wagner- und Wotan-Postkarten. Die germanischen Götter sind schön. Wie Papa schleudern sie harmlose Blitze. Wie Papa lieben sie wüste Bärte und große Gesten. Und ich stelle mir vor, daß ihr Wortschatz, wie der seine, sämtliche Flüche des Heldenzeitalters enthält.

Ich schrieb ihm selten, er antwortete kaum öfter, zärtlich und rüde, und der saftige Wirrwarr seines Briefstils, dessen melodische Schachtelsätze Chateaubriands Entzücken erregt hätten (ich schmeichle Papa ein wenig), strotzte von den fürchterlichsten Schimpfwörtern. Ich erfuhr unter anderem, daß nichts, aber auch schon gar nichts in Ordnung sei, mit Ausnahme des treuen, schweigsamen, nimmermüden Monsieur Maria. »Vielleicht ist Deine Abwesenheit daran schuld, kleines Maultier«, schrieb mein lieber Herr Vater, »aber Paris erregt meinen Abscheu, besonders, seit X, dieser Auswurf der Menschheit, sich nicht entblödet hat, eine Abhandlung über ›Allgemeine Malakologie‹ zu veröffentlichen, die einfältig genug ist, den Steinlöwen vor dem Institut Brechreiz zu verursachen. Wie kann die ewige Gerechtigkeit solche Schufte nur des Lichts teilhaftig werden lassen!«

Auch von Mélie erhielt ich Briefe. Sie schilderte den Seelenzustand Fanchettes, ihre kläglich hervorgejammerte Verzweiflung, ihren untröstlichen Kummer. Leider hat Mélies Handschrift mehr mit Hieroglyphen denn mit Haar- und Schattenstrichen zu tun: das machte jede geregelte Korrespondenz unmöglich.

Fanchette sehnt sich nach mir! Dieser Gedanke verfolgte mich während der ganzen Reise, ließ mich zusammenzucken, sooft ich einen Kater um eine Ecke flitzen sah. Wohl zwanzigmal löste ich mich vom Arm des überraschten Renaud, lief auf eine Katze zu, die ernsthaft eine Türschwelle zierte, und redete sie an: »Liiiiebling!« Meistens senkte das mißbilligende Tier das Kinn auf sein gesträubtes Felljabot und zuckte mit keiner Wimper. Aber ich gab mich nicht geschlagen, versuchte es mit unzähligen, unverständlichen, hohen und tiefen Lauten in Dur und Moll, so lange, bis das grüne Eis der Augen zu Sanftmut schmolz, der schmale Strich der Lippen ein Lächeln ahnen ließ und der flache, zutrauliche Kopf sich am Türrahmen rieb, als unmißverständliche höfliche Begrüßung. Und schließlich drehte sich die Katze dreimal um die eigene Achse, was eindeutig soviel heißt wie: »Sie gefallen mir.«

Während dieser katzenfreundlichen Krisen zeigte sich Renaud niemals ungeduldig. Doch ich verdächtigte ihn eher der Nachsicht denn besonderen Verstehens und traue es dem Schurken ohne weiteres zu, Fanchette seit jeher nur aus Berechnung gestreichelt zu haben.

Wie gern durchstreife ich diese jüngste Vergangenheit!

Renaud lebt in der Zukunft. Dieser Mann, den verzweifelte Angst vor dem Altern in jeden Spiegel blicken läßt, auf selbstquälerischer Suche nach neuen Krähenfüßen, vermag sich mit dem Heute nicht zu begnügen, sondern drängt dem Morgen entgegen, ungeduldig und fieberhaft. Ich bin der Vergangenheit verhaftet, sei sie auch von gestern, blicke oft zurück, fast nie ohne leise Wehmut. Manchmal will es mir scheinen, als danke ich der Ehe (Teufel, nein! der Liebe!), eine Art zu empfinden, die meiner Jugend nicht angemessen ist, Renaud jedenfalls mit Staunen erfüllt. Doch er liebt mich. Und wenn meinem Geliebten das Verstehen schwerfällt, flüchte ich in die Arme meines väterlichen Freunds, eine vertrauende Tochter, die ihrem schützenden Adoptivvater hinter dem Rücken des Geliebten Sorgen und Nöte klagt. Ja, noch mehr: wagt es Renaud, der Geliebte, sich in die Angelegenheiten Renauds, des Vaters, einzumischen, wird er von Tochter Claudine übel empfangen und muß so lange warten, enttäuscht und ungeduldig, bis eine erfrischte, neugeborene Geliebte leichten Schritts zu ihm kommt, ihm ihren schwachen Widerstand, ihr Schweigen und ihr Feuer zu schenken.

Auch, alles, was ich wie ungefähr hier niederschreibe, läßt mich den Riß nicht mit Händen greifen. Und dabei fühle ich ihn so deutlich, mehr, viel mehr, als mir lieb ist.

Wir sind daheim. Der Rummel ist überstanden, Renauds fieberhafte Tätigkeit – er wünschte so sehr, daß mir das neue Nest gefallen möge – endlich abgeklungen.

Auf seine Bitte traf ich meine Wahl zwischen zwei Appartements, die beide ihm gehören. (Zwei Appartements für einen einzigen Renaud?) »Wenn sie dir nicht gefallen, geliebtes Kind, suchen wir eine dritte Wohnung.« »Zeigen Sie mir die dritte!« hätte ich am liebsten gesagt, schwieg aber und machte mich gewissenhaft daran, von wohlbekanntem Übersiedlungsabscheu ergriffen, die zu Gebote stehenden Räume zu besehen, nein, zu beriechen. Diese sagten meiner empfindlichen Nase eher zu, also zogen wir ein. Die Einrichtung war fast vollständig: Renaud jedoch, auf Einzelheiten bedacht und an fraulicher Sorgfalt mir weit überlegen, setzte seinen Stolz darein, ein Interieur zusammenzustellen, das so bald nicht seinesgleichen finden sollte, und fragte mich wohl zwanzigmal nach meiner Meinung, ehrlich bestrebt, mir alles recht zu machen, ohne dem eigenen Kunstsinn Opfer bringen zu müssen. Meine Antwort lautete fast jedesmal: »Das ist mir gleich.« Was jedoch das Bett betraf, diesen »Schlüssel zum Eheglück«, wie Papa sich auszudrücken beliebt, so erklärte ich klipp und klar:

»Ich möchte mein Himmelbett mit den bemalten Vorhängen.«

Mein armer Renaud streckte die Arme zum Himmel.

»Wehe! Wehe! Ein Himmelbett in einem Zimmer Louis XV? Im übrigen bedenk doch, Liebste, kleines Ungeheuer! Wir müßten es verlängern – was sag' ich! – verbreitern lassen ...«

Ja, ja, ich weiß. Aber was wollen Sie? Wie sollte ich Möbel lieben, die ich nicht – noch nicht kannte? Das große niedrige Bett ist mir teuer geworden, auch das Badezimmer und ein paar tiefe Korbfauteuils. Die übrige Einrichtung jedoch sieht mich noch immer mit scheelen Blicken an, wenn ich mich so ausdrücken darf. Der Spiegelschrank schielt, sobald ich vorübergehe, und der polierte, auf elegant geschwungenen Füßen ruhende Wohnzimmertisch versucht des öfteren, mir ein Bein zu stellen. Ich bleibe ihm nichts schuldig.

Zwei Monate, Herrgott, zwei Monate sollten doch genügen, eine Wohnung zu zähmen? Und schon ersticke ich die Stimme der Vernunft, die mir zuzuraunen sucht: »Eine Wohnung vielleicht. Aber keine Claudine.«

Ob Fanchette wohl gern hier wohnte? Ich habe sie wiedergesehen, meine weiße Schöne, Rue Jacob, unvorbereitet auf meine plötzliche Heimkehr. Oh, wie bewegt war ich, wie beschämt, Fanchette zu meinen Füßen hingestreckt zu sehen, sprachlos vor seliger Erregung, während meine Hand auf ihrem warmen rosigen Bauch die atemlosen Schläge ihres treuen Katzenherzens vergebens zu zählen suchte. Ich drehte sie auf die Seite, ihr verblichenes Fell zu kämmen: bei dieser vertrauten Bewegung hob sie mir den Kopf entgegen, mit einem Blick stummen Vorwurfs, unwandelbarer Zärtlichkeit, freudig erduldeter Qual ...

O weißes Tierchen! Wie nahe bin ich dir, dich so gut zu verstehen ...

Auch meinen edlen Vater fand ich unverändert wieder, dreifarbig bebartet, hoch und breit, voll klangvoller Worte und sinnlosen Kampfeswillens. Wir lieben uns, ohne uns dessen recht bewußt zu sein, und was an echter Wiedersehensfreude darin steckte, habe ich aus seiner Begrüßung: »Wirst du mich vielleicht zu küssen geruhen, elendes Geschöpf!« sogleich herausgehört. Fast scheint mir, als sei er in den letzten zwei Jahren gewachsen. Zum Beweis: er gestand, sich in der Rue Jacob beengt zu fühlen, allerdings mit dem erläuternden Nachsatz: »Verstehst du, ich habe bei einer Auktion ein paar Bücher gekauft – etwa zweitausend – um einen Pappenstiel – und mußte sie zum Spediteur geben, tausend Ferkel! Dieses Loch ist so eng ... In Montigny könnte ich sie ins Eckzimmer stellen, du weißt ja, in das große, das ich nie benütze ...« Er wendet sich ab, streicht seinen Bart, doch unsere Blicke hatten Zeit, einander zu begegnen. Genug. Wir verstehen uns. Er ist imstande, nach Montigny zurückzufegen, genauso, wie er herkam: grundlos, überstürzt.

Die Feder will mir nicht gehorchen: Schmerzlichem weiche ich gern aus. Aber ist es wirklich ernst? Oh, wenn es doch nichts Ernstes wäre! So hören Sie:

Seit gestern ist alles fix und fertig bei Ren... bei uns. Schluß mit dem bedeutsamen Herumtappen des Tapezierers, der heillosen Zerstreuung des Vorhangspanners, der alle fünf Minuten eines seiner kleinen Messingdinger suchte. Renaud spaziert zufrieden durch die Wohnung, lächelt hier einer Stockuhr zu, malträtiert da einen Rahmen, der es wagt, nicht parallel zur Wand zu hängen, und läßt mich schließlich, nach äußerst geglücktem Kuß, im Salon zurück, wahrscheinlich, um seinen Artikel für die *Revue diplomatique* fertigzuschreiben, Europas Beziehungen zu Jacobsen zu klären und Abdul Hamid zu behandeln, wie er es verdient. Was waren seine letzten Worte? »Mein kleiner Tyrann, jetzt kannst du nach Gutdünken schalten und walten.«

Lange sitze ich müßig, eine leichte Beute sinnloser Träumerei. Endlich schlägt eine Stunde – ich weiß nicht, welche –, jagt mich auf, der Gegenwart unbewußt, und wo finde ich mich wieder? Vor dem Vorzimmerspiegel, emsig damit beschäftigt, meinen Hut festzustecken, um ... nach Hause zu gehen!

Das ist alles. Stürzte nicht eben etwas zusammen?

Sie sagen nein?

Sie haben Glück.

Nach Hause zu gehen! Wohin? Bin ich nicht hier daheim? Nein, nein, nein. Das ist der Grund allen Elends.

Nach Hause zu gehen? Wohin? Zu Papa, der auf meinem Bett Papier zu schmutzigen Bergen türmt? Nach Montigny, wo weder die Schule ... noch das geliebte Haus ...

Nach Hause zu gehen! Habe ich denn keine Bleibe? Nein. Ich wohne bei einem Herrn, einem Herrn, den ich liebe, zugegeben, aber ich wohne bei einem Herrn. Oh, Claudine, dem Boden entrissene Pflanze, so lang waren deine Wurzeln? Was wird Renaud sagen? Nichts. Er ist machtlos.

Wohin also? Zu mir. In mich. In meinem Jammer wühlen, diesem unsagbaren, unsinnigen Kummer, mich hineinkauern wie in ein warmes, dunkles Loch ...

Ich setze mich wieder, den Hut auf dem Kopf, presse die Hände aneinander und wühle, wühle ...

Um mein Tagebuch ist es schlecht bestellt. Wie soll das weitergehen? Vor fünf Monaten schloß ich es in einem traurigen Augenblick, jetzt grolle ich ihm deshalb.

Im übrigen habe ich keine Zeit, es auf dem laufenden zu halten. Renaud prunkt mit mir, zeigt mich herum, mehr, als mir lieb ist. Doch ich habe nicht das Herz, zu Hause zu bleiben. Schließlich ist er stolz auf mich, nicht wahr ...

Wer hätte geahnt, daß seine Heirat eine solch vielschichtige Menge Bekannter (fast hätte ich geschrieben: zweifelhafter Bekannter) in Wallung bringen würde? Aber kennt er die Leute wirklich? Nein. Er selbst ist bekannt, überaus, überall. Dabei ist er außerstande, die Hälfte der Erscheinungen, die er mir nach herzlichem Händedruck vorstellt, mit richtigen Namen zu versehen, Verzettelung, unverbesserliche Oberflächlichkeit. Nichts geht ihm wirklich nahe, an nichts fühlt er sich gebunden, an nichts, außer an mich. »Wer ist dieser Herr, Renaud?« »Der? Gott, der Name liegt mir auf der Zunge ...« Also gut! Anscheinend bringt das der Beruf mit sich; anscheinend verschafft einem die Tatsache, für ernstzunehmende politische Zeitschriften tiefsinnige Artikel zu verfassen, unweigerlich ein Anrecht auf den Händedruck zahlloser Schmocke, geschminkter Damen von Halbwelt und Welt, indiskreter, zweitklassiger Schauspielerinnen und modellbehafteter Maler ... Doch Renaud weiß in die drei Worte »Meine Frau, Claudine« so viel ehemännlich-väterlichen Stolz zu legen (dessen naive Zärtlichkeit aus dem Mund dieses abgebrühten Parisers mich seltsam bewegt), daß ich meine Stacheln einziehe, die Unmutsfalten zwischen meinen Brauen zu glätten suche und mich an anderen Dingen räche. Stellt mir zum Beispiel Renaud einen Herrn Durand vor, sage ich mit boshafter Freude:

»Vorgestern behaupteten Sie, er hieße Dupont!«

Über sein dunkles Gesicht und hellen Schnurrbart scheint sich Bestürzung auszugießen.

»Habe ich das? Wirklich? Schön schau' ich aus! Ich habe sie beide mit ... Gott, mit dem andern verwechselt, diesem Esel, den ich duze, weil wir zusammen in die Volksschule gegangen sind.«

Mit wem auch immer – an derart oberflächliche Freundschaften vermag ich mich nicht zu gewöhnen.

Hier und dort, im Opernfoyer, bei Konzerten, vor allem aber bei Soireen, in den Augenblicken, da die Furcht vor der einsetzenden Musik die Gesichter verdüstert, erhasche ich Worte und Blicke, die mir nicht gerade Wohlwollen bezeigen. Man bemerkt mich also? Natürlich! Hier bin ich ja die Frau Renauds, so wie Renaud in Montigny nichts weiter ist als der Mann Claudines. Wie leise sprechen doch diese Pariser! Aber wer aus dem Fresnischen kommt, hört das Gras wachsen.

»Wie jung!« sagt man. Oder: »Zu dunkel ... unsympathisch ...« »Wieso zu dunkel? Sie hat doch hellbraunes Haar –« »Das Haar hat sie sich auch nur abgeschnitten, um sich interessant zu machen! Aber Renaud hat Geschmack, das muß man ihm lassen.« »Woher kommt die Kleine?« »Vom Montmartre.« »Nein, sie muß slawischer Herkunft sein. Dieses spitze Kinn, die breiten Schläfen –« »Sie sieht aus wie aus einem Roman von Pierre Louys, einem Homosexuellen, versteht sich.« »Wie alt ist er denn, Renaud, daß er sich für kleine Mädchen interessiert?«

Renaud – Renaud – Es ist bezeichnend für ihn, nie anders genannt zu werden als beim Vornamen.

Gestern überraschte mich mein Gatte mit der Frage, ob ich »Jour« zu halten gedächte.

»Wozu, um Gottes willen?«

»Um zu plaudern, ›Rhabarber-Rhabarber‹ zu sagen, wie du dich auszudrücken beliebst.«

»Mit wem?«

»Mit den Damen der Gesellschaft.«

»Ich habe für die Damen der Gesellschaft nichts übrig.«

»Auch mit den Herren.«

»Führen Sie mich nicht in Versuchung. Nein, ich denke nicht daran, ›Jour‹ zu halten. Bilden Sie sich etwa ein, ich wüßte, wie man Gäste empfängt?«

»Ich habe einen Jour.«

»Ah ja? Nun, dann behalten Sie ihn! Ich werde Sie besuchen kommen! Glauben Sie mir, das ist ein Gebot der Vorsicht! Sonst kann es Ihnen passieren, daß ich Ihren reizenden Freundinnen nach einer Stunde sage: ›Packt euch nach Hause, ihr geht mir auf die Nerven!‹«

Renaud verzichtet darauf, seinen Willen durchzusetzen (er versucht es nie), küßt mich (er küßt mich immer) und verläßt lachend den Raum.

Diese Menschenscheu, diese wohlbekannte furchtsame Abneigung gegen die sogenannte gute Gesellschaft haben mir die höfliche Verachtung meines Stiefsohns Marcel eingetragen, des verzärtelten, den Frauen so gefühllos gegenüberstehenden Bürschchens. Dennoch sucht er beharrlich deren Gesellschaft, schwatzt, läßt seine Finger über Seidenstoffe gleiten, gießt Tee ein, ohne die kostbaren Kleider zu beflecken, und verleumdet mit wahrer Leidenschaft. Doch ich habe unrecht, ihn als »Bürschchen« zu bezeichnen. Mit zwanzig ist man kein Bürschchen mehr, ganz abgesehen davon, daß Marcel noch lange ein Backfisch bleiben wird. Bei meiner Rückkehr fand ich ihn zwar noch immer anziehend, doch schon ein wenig verlebt, schmal und überschlank, mit geweiteten Augen, unstetem Blick und drei feinen Runzeln in den Augenwinkeln ... Sollte er sie Charlie allein verdanken?

Renauds Zorn über den mißratenen Sohn war bald verraucht. »Schließlich und endlich ist er mein Kleiner, Claudine, und dann – wenn ich ihn besser erzogen hätte, vielleicht ...« Ich habe Marcel aus Gleichgültigkeit verziehen (aus Gleichgültigkeit, Stolz, uneingestandenem – und uneingestehbarem – Interesse für die Verirrungen seines Gefühlslebens) und betrachte mit süßem, unfehlbarem Vergnügen die linke Wange dieses mißratenen Mädchens, die meine Kralle mit einer feinen weißen Narbe gezeichnet hat.

Aber Marcel ist erstaunlich. Ich war auf unstillbaren Groll gefaßt gewesen, auf offene Feindseligkeit. Nichts von alldem. Immer höflich, zeigt er sich oft ironisch, zuweilen verächtlich, manchmal neugierig. Das ist alles.

Es gibt für ihn nur eine einzige Beschäftigung: sich selbst. Oft überrasche ich ihn vor dem Spiegel, ernsthaft damit beschäftigt, die Stirnhaut so hoch wie möglich emporzuziehen, beide Zeigefinger auf die Brauen gepreßt. Die krankhafte Häufigkeit dieser Geste erregt meine Neugier. »Was tun Sie, Marcel?«

»Das lockert die Haut unterhalb der Augen«, erwidert er allen Ernstes. Er schreckt auch nicht davor zurück, die Schatten unter seinen Augen mittels blauen Bleistifts zu vertiefen, und trägt funkelnde Türkis-Manschettenknöpfe. Pfui Teufel! Mit vierzig wird er beklemmend wirken ...

Ungeachtet unserer gegenseitigen Erfahrungen scheut er sich nicht, mich halb und halb in sein Liebesleben einzuweihen – unbewußter Trotz oder wachsende seelische Verkommenheit? – und verschönte erst gestern diese Räume durch die müde Anmut seiner zerbrechlichen Taille, seines schlaffen, fiebrig leuchtenden Gesichts.

»Sie sehen todmüde aus, Marcel.«

»Kunststück. Ich bin todmüde.«

Gereizter Ton ist bei uns an der Tagesordnung (eine Art Spiel) und hat nichts zu bedeuten.

»Noch immer Charlie?«

»Oh! Eine junge Ehefrau sollte gewisse ... Verirrungen des Geistes zu ignorieren, zumindest zu vergessen wissen. Sie sagen doch ›Verirrungen‹ – oder nicht?«

»Gott ja. Allerdings würde ich kaum wagen, ›des Geistes‹ hinzuzufügen ...«

»Danke. Ich weiß, worauf Sie hinauswollen. Aber unter uns gesagt: Meine Müdigkeit hat mit Charlie nicht das geringste zu tun ... Charlie! Sie haben keine Ahnung, wie labil ... wie unentschlossen ...«

»Aber, aber!«

»Glauben Sie mir! Ich kenne ihn besser –«

»Was ich mir zugute halte!«

»Wie Sie wollen – aber im Grund ist er feig –«

»Ganz im Grund, nicht wahr ...«

»Unsere Freundschaft ist überlebt – jawohl, ich habe Schluß gemacht – es gab da einige Zwischenfälle – nicht sehr saubere Zwischenfälle –«

»Wie! Der schöne Charlie? Geldgeschichten? ...«

»Nein! Viel schlimmer! Wissen Sie, was er bei mir vergessen hat? Einen ganzen Pack Weiberbriefe!«

Oh, die Gehässigkeit dieser Worte, der Abscheu, der aus ihnen spricht! Ich betrachte Marcel, in Gedanken versunken. Er ist ein armer Junge, ein verirrter, verwirrter Mensch – kann man ihn für seine Handlungen überhaupt zur Verantwortung ziehen? –, aber er hat recht. Man braucht sich nur in seine Lage zu versetzen (im Geist, natürlich!).

Es scheint mein Verhängnis, alle Wechselfälle des Lebens – Freuden, Leiden, unbedeutende Ereignisse – jäh über mich hereinbrechen zu sehen, ohne Vorbereitung, ohne Übergang. Das soll nicht etwa heißen, daß mir das Ungewöhnliche zur Gewohnheit würde (von meiner Hochzeit abgesehen). Aber die Zeit verrinnt mir ähnlich wie dem großen Zeiger gewisser Turmuhren, der neunundfünfzig Sekunden unbeweglich stillsteht, um in der sechzigsten mit krampfhaftem Satz zur nächsten überzuspringen. Ähnlich fassen die Minuten auch mich an, brüsk, unsanft ... unangenehm? Nein, das habe ich nicht gesagt. Wenigstens nicht immer. Allein –

Hier ist der letzte Sprung: Besuch bei Papa, Mélie, Fanchette und Schneckchen. Letzterer, in prächtig gestreiftem Kleid, flirtet mit seiner Mutter und versetzt uns in die bösesten Tage der Atridengeschichte. Die übrige Zeit durchmißt er die Wohnung, rastlos, hochmütig, löwenhaft und wütend. Keine einzige der Tugenden seiner liebenswürdigen weißen Mutter scheint sich auf ihn vererbt zu haben.

Mélie stürzt mir entgegen, die Halbkugel ihres linken Busens in der Hand wie weiland Karl der Große den goldenen Reichsapfel.

»Fast hätte ich dir geschrieben, Herzenskind! Wenn du wüßtest! Bei uns geht's drunter und drüber! Gut steht dir dieser Hut –« »Vorwärts, vorwärts! Was ist los! Hat Schneck vielleicht seinen – Spucknapf umgestoßen?«

Meine Ironie verletzt die Gute. Sie zieht sich schmollend zurück.

»Wenn du meinst – geh zu Monsieur! Der wird dir's schon zeigen!«

Neugierig betrete ich Papas Zimmer, ohne anzuklopfen. Mein Vater fährt herum: er ist damit beschäftigt, eine riesige Bücherkiste anzufüllen. Bei meinem Anblick erscheint auf seinem bewaldeten Gesicht erstmalig ein seltsamer Ausdruck: ein Gemisch aus harmloser Wut, Verwirrung, kindischem Ertapptsein.

»Du bist es, Eselchen?«

»Es scheint so. Was machst du denn, Papa?«

»Ich ... ordne Papier.«

»Nettes Portefeuille! Aber ... diese Kiste sollte ich doch kennen ... die kommt aus Montigny ...«

Papas Entschluß steht fest: er knöpft seinen taillierten Gehrock zu, setzt sich nieder, nimmt einen Anlauf, kreuzt die Arme auf der Brust (das heißt: auf seinem Bart) und erwidert:

»Jawohl. Das kommt nicht nur aus Montigny, sondern fährt auch wieder zurück. Kapiert?«

»Nein. Ganz und gar nicht.«

Er mustert mich aus halbgeschlossenen Augen – fast verdeckt das Gestrüpp seiner Wimpern den abwartenden Ausdruck seines Blicks – und entschließt sich endlich doch zur vollen Wahrheit:

»Ich verschwinde.«

Oh, ich hatte sehr wohl verstanden. Auf diese grundlose Flucht wartete ich schon seit langem. Warum ist er gekommen? Warum geht er wieder? Doch ich träume wohl. Papa ist eine Naturgewalt, steht im Dienste des Geschicks. Ohne es zu wollen, kam er her, damit ich Renaud begegnen möge. Seine Mission ist erfüllt – er geht wieder. O verantwortungsvoller Vater ...

Mein Schweigen gibt dem Schrecklichen die Fassung wieder.

»Ich habe genug, verstehst du! Ich ruiniere mir in diesem Loch die Augen, habe nur mit Eseln, Idioten, Mondkälbern zu tun, kann nicht den kleinen Finger ausstrecken, ohne mich an der Wand zu stoßen, die Flügel meines Geistes zerbrechen an der allgemeinen Unwissenheit – tausend Ferkel, räudig samt und sonders! Ich fahre heim! Wirst du mich besuchen kommen mit deinem Halunken von Mann?«

Dieser Renaud! Sogar Papa hat er bezaubert, der seiner nur selten, aber nie ohne eine gewisse Färbung rüder Zärtlichkeit erwähnt.

»Und ob! Ich komme bestimmt!«

»Gut. Aber das ist nicht alles. Ich habe mit dir noch Wichtiges zu besprechen: wohin mit der Katze? Sie hat sich an mich gewöhnt –«

(Gott, ja, die Katze! Er mag sie gern. Außerdem wird Mélie dasein. Nein, Fanchette, weder Renauds Kammerdiener noch seiner Köchin will ich dich anvertrauen, du Liebe, Weiße – ich schlafe jetzt an anderer Wärme als an der deinen ... Ich beschließe:)

»Nimm sie mit. Später werden wir sehen. Vielleicht hole ich sie wieder zurück ...«

Eines aber weiß ich: unter dem Vorwand der Kindesliebe werde ich das alte, erinnerungsumwobene Haus wiederfinden, wie ich es verließ, ganz zu schweigen von der teuren, zweideutigen Schule. Im Grunde segne ich den väterlichen Auszug.

»Nimm auch mein Zimmer mit, Papa! Dann kann ich dort schlafen, wenn wir dich besuchen kommen.«

Mit einer Handbewegung stürzt mich der Fels der Malakologie in den Abgrund seiner Verachtung.

»Pfui! Du gedenkst, in meinem unbefleckten Haus mit deinem Gatten zusammenzuleben, und errötest nicht einmal? Aber so treibt ihr's alle, ihr unsauberen Tiere! Was wißt ihr schon von der wiederbelebenden, kräfteweckenden Keuschheit?«

So hab' ich dich gern, Papa! Ich küsse ihn, gehe und überlasse ihn seiner fieberhaften Tätigkeit. Er versenkt seine Schätze in die breite Kiste und trällert dabei eines seiner Lieblingsliedchen:

»Sie griff ihn an, die Kleine!
Verstehn Sie, was ich meine?
Es ist bestimmt nicht schwer,
drum sag' ich auch nichts mehr!«

Soll das etwa die Hymne an die belebende Keuschheit sein?

»Allen Ernstes, Liebste: ich habe beschlossen, meinen Jour wiederaufzunehmen.«

Diese weltbewegende Mitteilung macht mir Renaud in unserem Badezimmer, während ich mich entkleide. Wir kommen von der alten Barmann, wo wir den Abend verbracht und der Abwechslung halber einer hitzigen Meinungsverschiedenheit zwischen dem fetten Käuzchen und dem lärmenden Lümmel beigewohnt haben, der ihr Schicksal teilt. Sie sagt: »Sie sind gemein!« Er bleibt ihr nichts schuldig: »Sie plagen Ihre ganze Umgebung mit Ihren literarischen Prätentionen!«

Beide haben recht. Er brüllt, sie keift. Die Vorstellung geht pausenlos weiter. Kaum hat der Meister seinen Vorrat an Schimpfwörtern erschöpft, schleudert er die Serviette auf den Tisch, springt auf und verfügt sich geräuschvoll auf sein Zimmer. Allgemeines Seufzen der Erleichterung. Man wendet sich dem Essen zu. Beim Dessert angelangt, betraut die Gastgeberin Eugénie, die Kammerfrau, mit der Versöhnung des Dickwansts (welch geheimnisvolle Mittel ...?), der endlich herabzukommen geruht, besänftigt zwar, doch ohne ein Wort der Entschuldigung. Gréveuille, dieses einzigartige Mitglied der Akademie, fürchtet Hiebe, tadelt seine verehrungswürdige Freundin, schmeichelt dem Gatten und nimmt eine zweite Portion Käse.

Und was ist mein Beitrag zu diesem herzerquickenden Milieu? Mein Lockenkopf, meine sanften, argwöhnischen Augen, ein zweideutiges Dekolleté – kräftiger Hals, leicht gewölbter Nacken, schmale Schulter und eine Einsilbigkeit, die schon mehr als ein Tischherr störend fand.

Man macht mir nicht den Hof. Erstens liegt meine Hochzeit noch in entmutigender Nähe, zweitens gehöre ich nicht zu den Frauen, die zum Flirten einladen.

Eines Donnerstags jedoch nahm mich ein junger, hübscher Literat höflich aufs Korn (er hatte schöne Augen, dieser Kleine, wiewohl sie leicht entzündet schienen – na, wenn auch!), verglich mich nacheinander mit Myrthokleia, einem jungen Hermes, einem Amor von Prud'hon, durchstöberte um meinetwillen sein Gedächtnis sowie sämtliche unbekannte Museen, zählte so viele Statuen berühmter Hermaphroditen auf, daß ich nicht umhinkonnte, an Luce und Marcel zu denken, und beinahe die Lust an einem göttlichen Bohnengulasch verloren hätte, der Spezialität des Hauses, das in kleinen silberumrandeten Näpfen serviert wird. »Jedem sein Topf, nicht wahr, lieber Meister?« flüsterte Maugis Gréveuille zu, und der betagte Schmarotzer nickte mit schiefem Lächeln.

Mein kleiner Hofmacher, von seinen eigenen Zitaten berauscht, wich nicht von meiner Seite. Ich schmiegte mich in einen Fauteuil Louis XV und lauschte seinem literarischen Vortrag, ohne zuzuhören ... Er betrachtete mich aus schmelzenden, langbewimperten Augen und murmelte nur für uns beide:

»Ah! Sie träumen wie der junge Narziß – Bitternis und Lust erfüllen auch Ihre Seele ...«

»Sie irren, mein Herr«, unterbrach ich mit fester Stimme. »Nichts anderes erfüllt meine Seele als weiße Bohnen und Selchspeck.«

Er verstummte, niedergeschmettert.

Renaud grollte ein wenig, lachte aber noch mehr.

»Sie nehmen also Ihren Jour wieder auf, mein süßer Freund?«

Renaud verstaut seinen langen Körper in einem Strohsessel, während ich mich entkleide, keusch und unbekümmert. Keusch? Sagen wir lieber: ohne Hintergedanken.

»Jawohl. Und was gedenkst du dabei zu tun, geliebtes Kind? Du warst sehr blaß und sehr hübsch bei der krummnasigen Barmann ...«

»Was ich bei Ihrem Jour zu tun gedenke? Sie besuchen natürlich!«

»Sonst nichts?« sagt er mit enttäuschter Miene.

»Sonst nichts. Was soll ich denn bei Ihrem Jour?«

»Claudine! Schließlich bist du meine Frau!«

»Als ob das meine Schuld wäre! Wenn Sie auf mich gehört hätten, wäre ich Ihre Geliebte und säße in aller Ruhe in meinem Winkel, weit weg von Ihren ganzen Bekannten, und Sie könnten Jour halten nach Herzenslust! Tun Sie doch, als wären Sie mein Liebhaber ...«

O Gott! Er nimmt mich beim Wort! Weil ich meinen malvenfarbenen Seidenunterrock leichten Fußes vom Boden aufhob, kommt Leben in meinen langen Gatten. Die doppelte Claudine – der hohe Spiegel wirft mein Bild zurück – hat's ihm angetan.

»Weg, Renaud! Ein Herr im Frack, ein Mädchen in Unterwäsche – pfui! Mehr wagt nicht einmal Marcel Prévost in seinen lockersten Kapiteln ...«

Ich weiß, ich weiß: Renaud liebt das Geflüster der Spiegel, ihr liederliches Licht ... Ich meide sie, verachte, was sie enthüllen, suche Dunkelheit, Stille, Betäubung ...

»Renaud, Schönster! Wir sprachen von Ihrem Jour ...«

»Zum Teufel mit ihm! Deine Nacht ist mir lieber!«

Papa ist fort. Wie er kam, so ging er, sinnlos, grundlos, mit Getöse. Jeglicher Art stürmischen Abschieds feind, zog ich es vor, ihn nicht zum Zug zu begleiten. Ich kann mir alles bestens ausmalen: in eine Gewitterwolke gehüllt, wird er das »elende Pack« der Träger auf das gröblichste beleidigt, mit fürstlichen Trinkgeldern beschenkt und vergessen haben, den Fiaker zu bezahlen.

Mélie verläßt mich nur widerstrebend, allein die Erlaubnis, Fanchette mitzunehmen, hilft ihr über den Abschiedsschmerz hinweg. Arme Mélie! Ihr »Herzblatt« wird ihr ewig ein Rätsel bleiben. Wie! Ich habe den Mann meiner Wahl geheiratet. Ich schlafe mit ihm, sooft ich will – und öfter! –, wohne in einem hübschen Haus, habe einen Kammerdiener, einen Mietwagen – und bin trotzdem nicht fröhlicher? Für Mélie ist nur glücklich, wer es scheint.

Aber vielleicht hat sie nicht ganz unrecht?

In Gegenwart Renauds denke ich ausschließlich an ihn. Er ist aufreibender als eine launenhafte Frau. Das Leben, das in ihm siedet, äußert sich in Worten, Lächeln, Geträller, verliebten Forderungen; zärtlich wirft er mir vor, meine Koketterie niemals an ihm zu erproben, in seiner Gegenwart lesen zu können, in die Ferne zu starren ... Kaum aber bin ich allein, empfinde ich die ganze Last einer unerlaubten, unnatürlichen Lage. Sollte mir der »Ehestand« nicht angemessen sein? Wie auch immer – ich täte gut, mich langsam daran zu gewöhnen. Außerdem geschieht Renaud ganz recht. Warum hat er mich geheiratet ...

Mein Gatte hält Jour! Man erzähle es sich!

Man erzählt es sich.

Was hat Renaud dem lieben Gott angetan, so viele Freunde zu verdienen? Etwa vierzig Personen – Männer, Frauen und Marcel, von Ernest, dem Kammerdiener, feierlich hereingebeten – drängen sich im tabakduftenden lederbraunen Arbeitszimmer, füllen den langen schmalen Vorraum, dieses Exil zahlreicher Bilder und Skizzen verschiedenster Herkunft.

Beim ersten Glockenzeichen springe ich auf und eile, mich im trauten Badezimmer einzusperren. Man läutet ... man läutet schon wieder! Bei jedem neuerlichen Klingeln zieht sich die Haut meines Rückens ein wenig zusammen, und ich muß an Fanchette denken, die an Regentagen nachdenklich zusieht, wie aus der geborstenen Dachrinne dicke Tropfen zu Boden fallen, während über ihr Rückgrat ähnliche Wellen der Nervosität streichen ... Ach Gott! Als ob es hier um Fanchette ginge! Schon nähert sich Renaud meiner Zufluchtsstätte, durch die verriegelte Tür mit mir zu verhandeln.

»Claudine, mein kleines Mädchen, so geht das nicht weiter! Zuerst sage ich, du seist noch nicht zu Hause. Aber jetzt wird die Lage langsam kritisch! Maugis behauptet, ich verstecke dich in einem Kellergelaß, dessen genaue Lage Gott allein bekannt sei ...«

Ich höre zu, betrachte mich im Spiegel und lache wider Willen.

»Die Leute werden denken, du fürchtest dich ...«

Der Elende! Er sagt genau das Richtige ... Ich streiche mein Haar in die Stirn, betaste die Schließe meines Rocks und öffne die Tür.

»Kann ich mich so Ihren Gästen zeigen?«

»Ja, ja! Du gefällst mir in Schwarz ...«

»Kein Wunder! Ich gefalle Ihnen in jeder Farbe.«

»In Fleischfarbe ganz besonders ... Komm schnell!«

Bei meinem Gatten wird heftig geraucht. Die Luft ist schwer von Tee- und Ingwerduft. Gott, was es alles gibt! Gansleber-, Kaviar- und Schinkenbrötchen, Erdbeeren, Liköre – wie wenig braucht es doch, den Geruch eines Arbeitszimmers in den eines Abendrestaurants zu verwandeln!

Ich nehme Platz und »mache Besuch«. Mein Gatte wartet mit Tee auf, als sei ich der jüngste Gast, und Madame von Langendonck, die hübsche Zypriotin mit dem unerfindlichen Namen, bietet mir Obers an. Famos!

Ich begegne bei ... Renaud Gesichtern, die mir von Konzert- und Theaterbesuchen nicht ganz unbekannt sind, großen und kleinen Kritikern, teils mit ihren Frauen, teils mit ihren Freundinnen. Jawohl. Ich habe darauf bestanden, daß mein Gatte keinerlei Säuberung – häßliches Wort! – vornähme. Die Sache selbst wäre nicht minder häßlich gewesen. Und wie gesagt: ich bin nicht der Gastgeber.

Maugis, Schnaps in der einen, Weißwein in der andern Hand, verhört mit prächtig gespieltem Interesse den Autor eines frauenrechtlerischen Romans, der ihm in unversieglichem Redeschwall die Grundidee seines nächsten Buches auseinandersetzt. Der Kritiker trinkt ohne Unterlaß und fragt schließlich mit belegter Stimme, nicht ganz unberauscht:

»Und wie heißt das begnadete Werk?«

»Das steht noch nicht fest. Aber sonst sitzt alles –«

»Hoffentlich geht's Ihnen nicht bald ebenso!« sagt Maugis und entschwankt.

Mittlerweile angle ich mir aus dem vielköpfigen Ausländerhaufen einen spanischen Bildhauer heraus, der sich durch den Besitz schöner Pferdeaugen, klar gezeichneter Lippen und verhältnismäßig guter Kenntnisse unserer Sprache auszeichnet und sich vornehmlich mit Malerei befaßt.

Besagtem jungen Mann gestehe ich ohne sichtbare Zeichen von Verwirrung, den Louvre noch niemals zur Gänze besichtigt zu haben und keinerlei zwingendes Bedürfnis zu verspüren, diesem Zustand schändlicher Unwissenheit ein Ende zu bereiten.

»Sie nicht kennen die Rubens?«

»Nein.«

»Sie nicht wollen sehen sie?«

»Nein.«

Er erhebt sich mit spanischer Grandezza, wirft sich in die Brust und schleudert mir folgende Schmähung ins Gesicht:

»Madame, Sie sind ein Schwein!«

Eine schöne Dame, die dem Opernensemble (und einem Freund Renauds) angehört, fährt in die Höhe und starrt uns an, auf einen Skandal erpicht. Nun, sie hofft umsonst. Ich habe diesen transpyrenäischen Ästheten, der über ein einziges abfälliges Wort verfügt, sehr wohl verstanden. Er kennt nur einen Ausdruck für Abscheu, wie nur einen für Liebe. Das ist nicht minder lächerlich.

Irgend jemand kommt herein, und Renaud ruft aus:

»Sieh da! Ich glaubte Sie in London! Alles glücklich verkauft?«

»Jawohl«, erwidert eine spröde Stimme mit kaum merklichem englischen Akzent. »Wir wohnen jetzt in Paris.«

Der Sprecher, ein blonder, vierschrötiger Hüne, trägt seinen kleinen Kopf – ziegelrote Wangen, blaue, undurchsichtige Augen – auffallend hoch. Er ist, wie gesagt, vierschrötig und gut angezogen, hält sich aber steif wie ein Mann, der seine ganze Energie darauf verwendet, gerade zu stehen und kraftvoll zu wirken.

Seine Frau ... Man stellt uns einander vor, doch ich höre kaum ihren Namen, so sehr bin ich damit beschäftigt, sie zu betrachten. Oh, ich habe bald entdeckt, worin die Hauptursache ihres Charmes besteht: sämtliche Bewegungen – Drehen der Hüften, Neigen des Nackens, Emporschnellen des Arms, fast unmerkliches Schwanken des Oberkörpers beim Sitzen – beschreiben so kreisähnliche Bogen, daß sich das Bild ineinandergreifender Ringe, von ihren weichen Gebärden in die Luft gezeichnet, vor meinen Augen zu runden scheint wie die vollendet schönen Spiralen schimmernder Muscheln.

Die langbewimperten Augen ambragetönten, wandelbaren Graus flimmern dunkel und unergründlich im Licht der goldfarbenen, locker gewellten Haare. Ist's nicht fast, als spielten sie ins Grünliche? Ein einfaches schwarzes Kleid aus viel zu kostbarer Seide umschließt hauteng die runden, beweglichen Hüften, die schlanke, ungeschnürte Taille. Aus den Federn des Huts blitzt ein winziger Diamantstern.

Ein warmes Händchen entfährt dem Fuchsmuff, streckt sich mir entgegen; ihr Blick mustert mich von oben bis unten. Ich halte ihm stand und erwarte halb unbewußt, sie mit fremdländischem Akzent sprechen zu hören. Ich weiß nicht, warum – aber ich kann mir nicht helfen: ungeachtet des vornehmen Kleids, des Fehlens jeglichen Schmucks (sie trägt nicht einmal ein Tüchlein) finde ich die Dame ein wenig auffallend, ein wenig ausländisch – und zwar im schlechten Sinn. Ihre Augen sind nicht von hier ... Achtung – sie macht den Mund auf – nun! Sie spricht ohne den leisesten Akzent. Wie dumm ist man doch manchmal, sich Dinge einzubilden ... Ihr frischer Mund, schmal, wenn geschlossen, wird beim Sprechen zur lockenden Blume. Es regnet Liebenswürdigkeiten:

»Ich bin glücklich, Sie kennenzulernen! Schließlich konnte Ihr Gatte nur eine liebenswerte kleine Frau entdecken!«

»Danke in seinem Namen! Aber wollen Sie mir nicht lieber ein Kompliment machen, das nur mir schmeichelt?«

»Daran wird es Ihnen kaum fehlen! Begnügen Sie sich damit, niemandem zu gleichen!«

Sie bewegt sich kaum, beschränkt ihr Gebärdenspiel auf ein Mindestmaß. Dennoch scheint sie sich, um neben mir Platz zu nehmen, zweimal im eigenen Kleid umzudrehen.

Haben wir Feindseligkeiten eröffnet oder den Austausch von Koketterien? Eher letzteres. Trotz ihres plumpen Kompliments von vorhin fühle ich nicht die geringste Lust, sie zu kratzen. Sie ist entzückend. Ich betrachte sie aus der Nähe, zähle die vielfachen Bogen und Spiralen: gehorsam ringelt sich das Haar auf dem Nacken; das zarte Ohr zeigt komplizierte Windungen, und selbst die strahlenförmigen Wimpern und das zitternde, ihr rundes Hütchen lose deckende Federwerk scheint unsichtbarem Kreisen unterworfen.

Soll ich sie fragen, wie viele tanzende Derwische sie unter ihre Vorfahren zählt? Lieber nicht. Renaud würde mich schelten. Warum sie auch so rasch vor den Kopf stoßen, diese zutunliche Madame Lambrook?

»Hat Ihnen Renaud von uns erzählt?«

»Nie. Kennen Sie einander gut?«

»Und ob! Wir haben mindestens sechsmal miteinander zu Abend gegessen, Soireen nicht eingerechnet.«

Hält sie mich zum besten? Ist sie ironisch oder dumm? Wir werden sehen. Für den Augenblick lausche ich entzückt ihrer weichen, schmeichelnden Stimme, ihrer schleppenden Redeweise, in die sich ab und zu ein gurrendes, widerspenstiges R verirrt ... Ich lasse sie sprechen. Sie wendet den Blick nicht von mir ab, neigt sich mir nahe zu, kurzsichtig und ohne Scheu, vergleicht das Braun meiner Augen mit dem meines Haars – oh, ich weiß, die beiden passen zusammen.

Schweigsam ist sie gerade nicht. Nach einer Viertelstunde weiß ich, daß Indien, das aufreibende, gnadenlose Land, ihren Gatten – einen ehemaligen englischen Kolonialoffizier – zu einem Schatten seiner selbst machte. Dahin seine Kraft, dahin seine geistige Regsamkeit. Er ist nichts als eine schöne Hülle, das gibt sie sehr genau zu verstehen. Ferner erfahre ich, daß sie reich ist, »aber niemals genug«, wie sie leidenschaftlich feststellt, und daß sie ihrer Wiener Mutter das schöne Haar, die weiße Blumenhaut (ich zitiere) und den Namen Rézi verdankt.

»Rézi ... Ihr Name riecht nach Himbeeren ...«

»Hier schon. In Wien dagegen ist die Koseform ›Rézi‹, soviel ich weiß, etwa so vornehm wie ›Nana‹ oder ›Titine‹.«

»Das ist mir gleichgültig. Rézi ... wie hübsch das klingt!«

»Es klingt hübsch, weil Sie es hübsch zu sagen verstehen.«

Ihre bloßen Finger streichen über meinen freien Nacken, so rasch, so leicht, daß ich auffahre, erregter, denn überrascht. Sehe ich nicht schon seit einer geraumen Weile, wie ihre regen Augen eine Kette von Blicken um meinen Hals legen?

»Rézi!«

Diesmal holt sie der Gatte. Er kommt, sich von mir zu verabschieden. Seine leblosen blauen Augen erfüllen mich mit Unbehagen. Eine schöne Hülle? Fast will mir scheinen, als berge sie Eifer- und Herrschsucht zur Genüge: Rézi erhebt sich beim ersten knappen Ruf, rasch und widerspruchslos. Dieser Lambrook spricht schleppend und abgehackt, »als ließe er sich je drei Worte vom Souffleur einsagen«, wie Maugis behauptet. Offensichtlich pflegt er seine Diktion, um jeglichen Akzent zu unterdrücken.

»Man wird sich oft sehen«, »Madame Claudine hat nicht ihresgleichen«, und so weiter und so weiter ... Halte ich mein Versprechen, so werde ich diese blonde Rézi in ihrer Wohnung besuchen, zwei Schritte von hier. Avenue Kléber.

Rézi ... ist's nicht, als verströme ihr ganzes Wesen Schwertlilien- und Farnkrautduft, einen ländlichen, einfach-ehrlichen Geruch, der mich entzückt und überrascht: ich kann an ihr nichts Ländliches, nichts Einfaches entdecken. Auch nichts Ehrliches. Dazu ist sie viel zu hübsch. Worüber sprach sie doch mit mir? Von ihrem Mann, ihren Reisen, ja sogar von mir ... Und was behielt ich? Nichts als ihren Zauber.

»Nun, Claudine?«

Renaud, mein geliebter Großer, erschöpft und zufrieden, erfreut sich am Anblick des endlich leeren Salons: schmutzige Teller, angeknabberte, verschmähte Bäckereien, Zigarettenasche auf Sessellehnen und Leisten (aus welchem Stall kommen sie denn, die Herren Gäste?), Gläser, halb gefüllt mit scheußlichen Mixturen. Habe ich nicht einen wallend gelockten Sohn des Südens (einen Dichter, nebenbei bemerkt) dabei ertappt, ein Mischgetränk aus Orangeade, Schnaps, Cognac, Cherry und Anislikör zu bereiten? »Eine flüssige Jézabel!« rief die kleine Madame de Lizery (die Freundin Robert Parvilles), die mir unter anderem beibrachte, daß die kleinen Racine-Kennerinnen der Schauspielschule sämtliche »gräßliche Mischungen« Jézabels zu nennen pflegen.

»Nun, Claudine? Du sagst gar nichts zu meinem Jour?«

»Zu Ihrem Jour? Mein Armer! Ich denke, daß Sie ebenso tadelns – wie bedauernswert sind! Und daß man die Fenster aufmachen sollte! Wie ich sehe, ist noch eine Menge von dieser vertrauenerweckenden Haselnußbäckerei übrig – oder meinen Sie, daß sich jemand die Füße damit abgewischt hat, wie mein edler Vater sagen würde?«

Renaud wirft den Kopf zurück und preßt die Hände an die Schläfen. Aha: Gleich wird er Migräne haben.

»Dein edler Vater ist ein vorsichtiger Mann. Eifere ihm nach und hüte dich wohl, dieses verdächtige Backwerk anzurühren! Ich sah Suzanne de Lizerys Hände darübergleiten, tastende, fürwitzige Hände, die wer weiß woher kamen, mit Spuren von Müdigkeit um die dunkel umrandeten Nägel ...«

»Pfui Teufel! Hören Sie auf, oder mir wird schlecht! Gehen wir ins Badezimmer.«

Mein Mann hat heute so viele Gäste empfangen, daß mir der Kopf schwirrt. Er – o junger Renaud mit dem Silberhaar! – scheint lebhafter denn je, kann nicht ruhig stehen, lacht, plaudert, atmet »meinen Duft«, was, wie er behauptet, jegliche Migräne im Keim erstickt, und kreist um meinen Fauteuil.

»Wie lange werden Sie noch herumstreichen wie eine Weihe?«

»Eine Weihe? Was ist eine Weihe? Laß mich nachdenken ... Unter einer Weihe verstehe ich ein Tier, ein kleines braunes Tier mit einer Steckkontaktnase, das gern mit dem Huf stampft und bösartig knurrt. Erraten?«

Diese Beschreibung eines Raubvogels löst bei mir einen Anfall jugendlicher Heiterkeit aus. Mein Gatte bleibt vor mir stehen. Fast scheint's, als sei er beleidigt. Ich lache desto lauter. Plötzlich dunkeln seine Augen, werden brennend und schmal:

»So lustig ist das also, mein lockiger kleiner Hirt? Lach weiter, ich möchte auf den Grund deines Mundes sehen ...«

(Achtung! Ich bin in Gefahr, etwas heftig geliebt zu werden!)

»Kommt nicht in Frage! Nicht vor dem Nachtmahl!«

»Nachher also?«

»Ich weiß nicht ...«

»Dann vorher und nachher. Bewunderst du, wie ich alles zu vereinen weiß?«

Feige, schwache Claudine! Manche von Renauds Küssen sind wie die Zauberformel »Sesam ...« und lassen mich nichts anderes ersehnen als Nacht, Nacktheit und das stumme, vergebliche Ringen um noch einen, noch einen Augenblick am Rande der Lust.

»Renaud, was sind das für Leute?«

Es ist dunkel, das Licht verlöscht. Ich mache mir's im Bett bequem, suche meinen Stammplatz, Renauds weiches, rundes Schultergelenk. Er räumt seine langen Beine weg (ich belaste sie mit meinen kälteempfindlichen Füßen) und sucht mit zurückgebogenem Nacken den Mittelpunkt des Roßhaarklumpens, der ihm als Polster dient. O unwandelbare Vorbereitungen für die Nacht, eingeleitet und gefolgt von Zeremonien, die sich fast jeden Abend wiederholen ...

»Was für Leute, mein Eigen?«

»Diese Rézi ... diese Lambrook, meine ich.«

»Ah! Dacht' ich doch, daß dir die Frau gefallen würde ...«

»Wer sind die Leute?«

»Ein reizendes, aber ... schlecht zusammenpassendes Paar. An ihr schätze ich die Schultern, das weiße, milchblau durchäderte Dekolleté, das sie in kleinem Kreis zur Schau stellt (bei

Abendgesellschaften, zum Beispiel, und zwar gerade so viel, als man von einem jungen, auf das Wohl der Umwelt bedachten Geschöpf füglich erwarten darf), die einschmeichelnde Koketterie der Gesten (nicht der Worte), die Freude am provisorischen Wohnen; an ihm den gebrochenen Mann, der sich hinter Haltung und breiten Schultern versteckt. Oberst Lambrook ist in den Kolonien geblieben. Zurückgekommen ist nur sein Schatten. In Gedanken lebt er noch immer dort, verstummt, sobald von seinem geliebten Indien die Rede ist, und vermauert sich hinter unverschämtes Schweigen, um seine Bewegung zu verbergen. Welche Gewalt hält ihn dort zurück? Schönheit? Leid? Sadismus? Niemand weiß es. Und Seelen, so verschlossen, ihr Geheimnis vor aller Welt zu hüten, findet man selten, kleines Mädchen!«

(Wirklich, geliebter Renaud?)

»Als ich vor zwei Jahren zum erstenmal bei ihnen dinierte, in dem bizarren Basar, der ihnen damals als *home* diente, warteten sie mit einem bemerkenswerten Burgunder auf. Ich fragte, ob ich einen ähnlichen auftreiben könnte. ›Jawohl‹, erwiderte Lambrook. ›Er ist nicht teuer. Zwanzig Rupien, glaube ich.‹ Und dabei war er bereits seit zehn Jahren wieder in Europa!«

Ich sinne eine Weile, stumm an die Wärme meines Freundes geschmiegt.

»Liebt er seine Frau, Renaud?«

»Vielleicht ja, vielleicht nein. Er bezeigt ihr eine Mischung aus Höflichkeit und Brutalität, die mir nichts Gutes verheißt.«

»Betrügt sie ihn?«

»Woher soll ich das wissen, geliebtes Vögelchen?«

»Gott, sie hätte schließlich Ihre Geliebte sein können ...«

Der überzeugte Ton meiner Bemerkung erregt Renauds unangebrachte Heiterkeit. Er schüttelt sich vor Lachen.

»So halten Sie doch still! Mein Polster gerät in Aufruhr! Schließlich habe ich nichts Absonderliches gesagt. Die Annahme stellt weder für Sie noch für Madame Lambrook eine Zumutung dar! Hat sie Freundinnen, Ihres Wissens?«

»Das ist ja ein regelrechtes Verhör ... Noch nie habe ich dich an einer Unbekannten so interessiert gesehen!«

»Stimmt. Ich mache eben Fortschritte, trachte, mir Beziehungen zu schaffen ... Und da ich nun einmal einer hübschen Frau begegne, deren Stimme mir gefällt, deren Hand ich gern berühre, ziehe ich Erkundigungen ein und ...«

»Claudine«, unterbricht Renaud mit lächelndem Ernst, »findest du nicht, daß Rézi und Luce vom gleichen Schlag sind?«

Der Böse! Warum mit einem einzigen Satz alles verdüstern? Unwillig schnelle ich davon, im kalten, keuschen Osten des großen Betts Ruhe und Schlaf zu finden ...

In meinem Tagebuch klafft eine große Lücke. Das Soll und Haben meiner Eindrücke ist nur unvollständig zu Papier gebracht. Sicher werde ich falsche Endsummen ziehen. Das Leben geht weiter. Es ist kalt. Renaud, ständig in Bewegung, steckt voll Tatendrang, schleift mich von Premiere zu Premiere und schreit dabei in alle Winde, das Theater zu hassen und von der unweigerlichen Gewöhnlichkeit der Stücke angewidert zu werden ...

»Aber, Renaud«, staune ich, »warum gehen Sie hin?«

»Wegen – du wirst mich verachten, kleiner Richter – wegen der Leute! Um zu sehen, ob Annhine de Lys noch immer mit Miß Flossie ›geht‹, der Freundin Willys; ob die seltsame Polaire mit den verliebten Gazellenaugen nach wie vor den Wespentaillenrekord hält; um dabeizusein, wenn Mendès in einem Anfall dichterischer Eingebung um halb eins beim Souper eine sprühende Theaterkritik vorn Stapel läßt; um den martialischen Federbusch zu bewundern, der Madame de Saint-Niketêtes überragt, dieses fette Frettchen ...«

Nein, ich verachte ihn nicht um so großer Leichtfertigkeit willen. Und wenn ich es täte – was hülfe es! Ich liebe ihn. Außerdem weiß ich recht gut, daß kein Premierenpublikum das Stück beachtet. Ich hingegen höre zu, mit leidenschaftlicher Aufmerksamkeit. Oder ich sage: »Das widert mich an.« Renaud neidet mir Überzeugungen so einfacher, stark ausgeprägter Art. »Du bist jung, mein Mädchen ...« Wirklich? Er dünkt mich jünger.

Er liebt mich, arbeitet, macht Besuche, schwatzt, läßt sich einladen, empfängt jeden Freitag um vier und findet dazwischen Zeit, mir ein Pelzcape zu kaufen. Selten genug – wenn wir allein sind – entspannt sich sein hübsches, müdes Gesicht. Dann drückt er mich an sich, seufzt und murmelt in tiefer Herzensnot: »Claudine, ich bin alt! Jede Minute gräbt sich als Falte in meine Züge ... Wenn du wüßtest, wie das schmerzt!«

Wenn er wüßte, wie heiß ich den Mann liebe, der er ist, wie sehr ich hoffe, seine Torschlußpanik verebben zu sehen ... Erst dann, wenn er darauf verzichten wird, den Jüngling zu spielen, werden wir einander restlos verstehen, erst dann wird es mir gelingen, neben seinem stürmischen Mannesalter Ruhe und Frieden zu finden.

Eines Tages, in belustigtem Gedenken an den spanischen Bildhauer und sein empörtes »Madame, Sie sind ein Schwein!«, kam mich die Anwandlung an, den Louvre zu durchstreifen, um in Ruhe die vielgerühmten neuen Rubens-Gemälde zu bewundern. Gedacht, getan. Ich schmückte mich mit meinem neuen Pelzcape, setzte die dazupassende Toque auf (sie erinnert mich an ein kleines zusammengerolltes Tier) und machte mich auf den Weg, mutig, allein und jeden Ortssinns bar, um mich an jeder Ecke der Galerie von neuem zu verirren. Claudine, die im Wald Stunde und Richtung zu wittern vermag, ist in einer Zimmerflucht verloren.

Nun, ich habe die Rubens-Bilder gefunden. Sie widern mich an. Jawohl, sie widern mich an. Eine ganze halbe Stunde mühe ich mich redlich, mir selbst etwas vorzumachen. Umsonst. So viel Fleisch! So viel Fleisch! Diese gepuderte, aufgedunsene Maria de Medici, triefend von ihren eigenen Brüsten, dieser feiste Krieger, ihr Gatte, den ein ruhmvoller Zephyr entrückt – nein, nein, nein! Das werde ich nie verstehen! Wenn Renaud das wüßte! Und erst seine Freundinnen ... Ach, wenn schon. Sollte man mich zur Rede stellen, werde ich mit meiner Meinung nicht hinter dem Berg halten.

Betrübt tripple ich dem Ausgang zu – anders ließe sich der Wunsch, auf dem glatten Parkett Schlittschuh zu laufen, kaum bemeistern –, vorbei an Meisterwerken, die mich betrachten.

Ah! Endlich ein paar Italiener und Spanier, die etwas wert sind! Aber welche Frechheit, dieses lockende, spitze Gesichtchen von Leonardos Hand, das geneigten Halses lächelt, kokett wie Mademoiselle Moreno, »Johannes den Täufer« zu nennen ...

Und wer ist das? Himmel, ist er schön! Du hättest mich straucheln gemacht, Knabe, den ich unversehens fand ... Ein Glück, daß du nur ein Stück Leinwand bist ... »Porträt eines Bildhauers« von Bronzino. Dichtes schwarzes Haar, eine Stirn, deren Wölbung oberhalb der Brauen ich für mein Leben gern berührte ... nur sie? Claudine, sei ehrlich: nicht auch den herrischen, schön geschwungenen Mund? Wie gern würde ich die Augen küssen, die einem herzlosen Pagen zu gehören scheinen ... Diese bloße weiße Hand formte also Statuen? Ich glaub' es gern ... Der Tönung des Gesichts nach zu schließen, schimmert die glatte Haut an Lenden und Kniekehlen grünlich gleich altem Elfenbein, doch warm, warm am ganzen Körper, selbst den Waden ... und die Handflächen ein wenig feucht ...

Wie ist mir denn? Was tue ich? Ich lasse den Blick umherschweifen, schlaftrunken, erhitzt. Was ich tue? Dumme Frage: ich betrüge Renaud!

Diesen ästhetischen Ehebruch muß ich Rézi erzählen. Ich höre schon ihr Lachen, dieses helle, bezeichnende Lachen, das jäh hervorbricht und nur langsam versiegt, schmelzend und schmachtend. Wir sind Freundinnen, Rézi und ich – zwei Wochen haben genügt. »Eine alte Freundschaft«, würde Renaud sagen ...

Freundinnen, jawohl. Gute Freundinnen. Ich bin von ihr entzückt, sie ist von mir begeistert. Abgesehen davon, bezeigen wir einander keinerlei Vertrauen. Dazu wäre es auch zu früh, für mich jedenfalls. Claudines Seele verdient eine Rézi nicht. Ich schenke ihr meine Anwesenheit – oft genug! –, meinen kurzgelockten Kopf, den sie frisiert und umfrisiert, ebenso gern wie ergebnislos, mein Gesicht, das sie neidlos zu lieben scheint: sie umrahmt es mit ihren weichen Händen und sieht zu, wie »meine Augen tanzen«.

Gleichzeitig macht sie mit beharrlicher Koketterie die Honneurs ihrer eigenen Schönheit, ihrer unvergleichlichen Anmut, und ich finde mich seit einiger Zeit allmorgendlich um elf Uhr bei ihr ein, pünktlich, die Vorstellung nicht zu versäumen.

Die Lambrooks bewohnen eines jener modernen Appartements, deren Löwenanteil dem Hausmeister, dem Stiegenhaus und den Salons zufällt (recht ordentliche Täfelungen, eine gute Kopie des Jugendbildnisses Louis' XV.), so daß sich die Privaträume mit Resten von Licht und Luft begnügen müssen. Rézi schläft in einem schwarzen Schlauch und macht in einer Rumpelkammer Toilette. Doch dieses unbequeme, stets überheizte »Ankleidezimmer«, der Schauplatz ihrer verwandlungskünstlerischen Umkleideszenen, gefällt mir. Meist sitze ich artig auf einem niedrigen Fauteuil, hinlänglich damit beschäftigt, Rézi zu bewundern.

Jetzt ist sie im Hemd. Ihr herrliches Haar, von der Grelle der Glühbirnen rosa überhaucht, im spärlichen Tageslicht grünlich schimmernd, scheint zu erglühen, sobald sie es »einspritzt«, ehe sie ans Frisieren schreitet. Winzige Fenster und gnadenlose Lampen tauchen Rézi zu jeder Tageszeit in theatralisches Zwielicht.

Sie bürstet ihr Haar, und es ist, als teile sie wallende Nebelmassen. Eins, zwei, drei: ein Wink mit dem Zauberkamm, und schon fügt sich das ungebärdige Gold auf dem weißen Nacken zu glatten, glänzenden Kreisen, Spiralen und Schnecken. Wie hält das alles? Staunend reiße ich die Augen auf, bereit: »Weiter!« zu rufen. Doch Rézi kommt meinem Wunsch zuvor. Hokuspokus: aus der Hübschen im Hemd ist eine Dame der Gesellschaft geworden, in eng anliegendem dunklen Kleid, behandschuht und behütet, auf dem Sprung auszugehen. Willfährigen Vögeln gleich sind das flache Korsett, das freche Höschen, der weiche, lautlose Unterrock auf sie niedergeflattert. Dann erst blickt sie mich triumphierend an und lacht.

Nicht weniger reizvoll ist das Entkleiden: gleichzeitig fallen alle Hüllen, wie von unsichtbaren Fäden zusammengehalten, und der reizenden Schülerin Fregolis bleibt nichts als Hemd ... und Hut. Er stört mich, dieser Hut, und ich bestaune ihn. Steckt sie ihn doch im Haar fest, ehe sie ins Korsett schlüpft, nimmt sie ihn doch ab, nachdem sie die Strümpfe ausgezogen hat.

»Ich bade mit Hut«, erzählt sie mir.

»Warum? Warum dieser Kult der Kopfbedeckung?«

»Ich weiß nicht ... Schamgefühl, glaube ich. Wenn ich

mitten in der Nacht aus einer Feuersbrunst fliehen müßte, würde ich ohne weiteres nackt hinauslaufen. Aber nicht ohne Hut.«

»Was Sie nicht sagen! Die Feuerwehrleute würden sich freuen!« Rézi ist hübscher, als ich zuerst gedacht hatte, kleiner auch, von harmonischen Puppenmaßen. Nur selten belebt ein rosenfarbener Schimmer die Weiße ihrer Haut. Ihre Gedanken verbergen sich hinter ihrer Kurzsichtigkeit, dem wandelbaren Grau der Augen, den flatternden Lidern. Im Grunde kenne ich sie nicht, ungeachtet jener Versicherung, die ihr bei unserem vierten Zusammentreffen entfuhr:

»Drei Dinge liebe ich bis zum Wahnsinn, Claudine: Paris, Reisen und – Sie.«

Rézi, die gebürtige Pariserin, empfindet für ihre Heimatstadt die Bewunderung der Ausländer, liebt die kalten, ungewissen Gerüche, die Straße, die Theater, die blaue, vom Schein der Gaslaternen gerötete Dämmerstunde.

»Nirgends, Claudine, nirgends sind die Frauen so schön wie in Paris!« (Lassen wir Montigny aus dem Spiel, Liebste ...) »Nur in Paris kann man jenen ergreifenden Gesichtern begegnen, die noch der Abglanz entschwundener Schönheit verklärt, jenen schmalnasigen, jungäugigen Vierzigjährigen, die sich mit wütender Verbissenheit schnüren und schminken und die Blicke der Vorübergehenden mit Bitterkeit und Freude auf sich ruhen sehen ...«

So spricht kein Gänschen. An diesem Tag drückte ich die schmalen, spitz zulaufenden Finger, die das Wortgeranke in die Luft gezeichnet hatten, als wolle ich ihr dafür Dank sagen, hübsch zu denken. Was aber ließ sie vierundzwanzig Stunden später in wohliger Bewunderung erzittern, vor dem Schaufenster eines Modesalons der Innenstadt?

Eine mehr als gewöhnliche Kombination safran- und rosenfarbener Seiden.

Täglich, wenn ich knapp vor zwölf den mühevollen, regelmäßig verspäteten Entschluß fasse, den bequemen, niedrigen Fauteuil zu verlassen, der mich nur widerwillig freizugeben scheint, um nach Hause zu gehen, wo mich mein Mann erwartet, mein Mittagessen, die Kußfreudigkeit Renauds und sein heißer, nur mit halbrohem Fleisch zu stillender Hunger (nein, er nährt sich nicht von Geflügel und Bananen), öffnet sich lautlos die Türe des Ankleidezimmers, und Lambrook erscheint, der hohle Koloß. Erst gestern ...

»Wie sind Sie hereingekommen?« ruft ihm Rézi ärgerlich entgegen.

»Über die Champs-Elysées«, erwidert dieser unerschütterliche Mensch, küßt mir die Hand – ohne Hast –, wirft einen prüfenden Blick auf mein offenes Jäckchen, mustert Rézi im Korsett und sagt schließlich zu seiner Frau: »Wieviel Zeit vertrödeln Sie doch bei der Toilette, meine Liebe!«

Das der phantastisch schnellen Rézi? Ich breche in Gelächter aus. Lambrook zuckt mit keiner Wimper. Das Terrakottagesicht wird fast unmerklich dunkler. Er erkundigt sich nach Renaud, gibt dem Wunsch Ausdruck, uns bald bei Tisch zu begrüßen, und geht.

»Was hat er, Rézi?«

»Nichts. Aber bitte, Claudine, lachen Sie nicht, wenn er mit mir spricht ... er glaubt sonst, Sie verspotten ihn.«

»Wirklich? Soll er. Das ist mir gleich.«

»Aber mir nicht. Er macht mir eine Szene ... Seine Eifersucht ist unerträglich ...«

»Er ist eifersüchtig? Auf mich? Auf was hinauf? Gott, ist dieser Mensch lächerlich ...«

»Wenn es nach ihm ginge, dürfte ich überhaupt keine Freundinnen haben ...«

Sollte er wissen, warum?

Nichts berechtigt mich zu dieser Annahme. Zuweilen betrachtet mich Rézi lange, starren, kurzsichtigen Blicks – Wimpern und Brauen verlaufen fast parallel und lassen die Augen noch länger erscheinen –, der schmale Mund öffnet sich ein wenig, wird kindlich und lockend, ein leichter Schauer läßt ihre Schultern erbeben, sie lacht ängstlich, ruft: »Jemand ist über mein Grab gegangen!« und küßt mich. Aber das ist alles. Es wäre eitel von mir, annehmen zu wollen ...

Ich ermutige sie zu nichts. Ich lasse die Zeit verstreichen, betrachte diese schillernde Rézi in allen Schattierungen, harre der Dinge, die da kommen werden, und warte, warte ... der Trägheit folgend, nicht dem Gewissen.

Heute vormittag war ich bei Rézi. Das hindert die Ungeduldige nicht, gegen fünf zu mir zu kommen. Sie nimmt Platz, nicht ohne sich, wie Fanchette, vorher zweimal um die eigene Achse gedreht zu haben. Ihr dunkelblaues Schneiderkostüm verleiht dem Gold ihrer Haare einen rötlichen Schimmer, ein Vogelhut ziert ihren Kopf, dessen graue, verworrene Möwenschlacht so erbittert scheint, daß es mich nicht wundern würde, aus den ineinander verhakten Schnäbeln lautes Gekreisch zu vernehmen.

Sie macht sich's bequem wie jemand, der Zuflucht sucht, und – seufzt.

»Was gibt's, Rézi?«

»Nichts. Ich langweile mich daheim. Alle diese Leute, die zu mir kommen – immer dasselbe! Ein Flirt, zwei Flirts, drei Flirts – ich habe genug! Oh, über die Eintönigkeit dieser Männer! Den dritten hätte ich um ein Haar geprügelt!«

»Warum ausgerechnet den dritten?«

»Weil es dieser Elende eine halbe Stunde nach dem zweiten für nötig fand, mir seine Liebe zu gestehen, und zwar haargenau mit denselben Worten, die schon der zweite gebraucht hatte – und der wiederum wiederholte den ersten. Gott, diese Männer sind alle gleich!«

»Halten Sie sich an einen einzigen. Das ist abwechslungsreicher.«

»Und ermüdender.«

»Und – Ihr Mann? Der zuckt mit keiner Wimper?«

»Warum sollte er?«

Hält sie mich für eine Gans? Was meint sie? Und die Vorsichtsmaßregeln von neulich? Diese Winke, die so vieles andeuteten, mehr noch verschwiegen? Rézi betrachtet mich klaren Blicks. Wie oft schon bewunderte ich den Opalschimmer dieser Augen, die grauen Perlen gleichen.

»Aber, Rézi! Nehmen Sie doch Vernunft an! Vorgestern durfte ich nicht einmal über ihn lachen, und heute –«

»Ah!« erwidert sie, während ihre Hand mit anmutiger Bewegung eine Traum-Mayonnaise zu rühren scheint, »Claudine, das ist doch nicht dasselbe – diese Männer, die mich hofieren – und Sie!«

»Das will ich hoffen! Aber wenn auch mein Bestreben, Ihnen zu gefallen, ganz anderen Quellen entspringt« (ihr Blick sprüht zu mir, um sich sogleich wieder abzuwenden), »so sagen Sie mir wenigstens, Rézi, warum Sie mich nicht ungern sehen.«

Beruhigt legt sie ihren Muff zur Seite, um das, was sie mir zu sagen hat, mit Händen, Hals, ja dem ganzen Oberkörper bequemer skandieren zu können, lehnt sich in den tiefen Fauteuil zurück, lächelt mir zu und beginnt, zärtlich und geheimnisvoll:

»Warum Sie mir gefallen, Claudine? Ich könnte mich darauf beschränken, Ihnen zu antworten: ›Weil ich Sie hübsch finde.‹ Das würde mir genügen, nicht aber Ihrem Stolz. Warum ich Sie liebe? Weil Sie eine fleischgewordene

Bronzefigur sind, deren Haare und Augen allein, von gleichem Metall, Ihr wahres Wesen erahnen lassen; weil sich Ihre herrischen Gesten mit sanfter Stimme paaren; weil sich Ihre Wildheit um meinetwillen sänftigt; weil Sie erröten, als griffe eine freche Hand unter Ihre Röcke, wenn Sie sehen, daß Ihnen, verraten oder erfühlt, einer Ihrer geheimsten Gedanken entschlüpft ...«

Ich habe sie unterbrochen – mit herrischer Gebärde, es ist wahr –, erzürnt und verwirrt, mich schon so sehr aus der Hand gegeben zu haben ... Soll ich böse werden? Mit ihr brechen? Rézi macht jeden feindseligen Entschluß im voraus zunichte, neigt sich mir zu, fordernd und ungestüm, und küßt mich nahe dem Ohr. Pelzwerk benimmt mir den Atem, Flügelchen streifen mein Gesicht. Ich habe kaum Zeit, Rézis Parfum zu kosten, diesen trügerisch-simplen Geruch, als die Türe aufgeht und ... Renaud eintritt.

Ich lehne mich zurück, steif, unangenehm berührt. Wovon? Weder von meiner Haltung noch von Rézis flüchtigem Kuß, sondern vom scharfen Blick Renauds, von der belustigten, ja beinahe ermutigenden Nachsicht, die ich darin zu lesen vermag. Er küßt die Hand meiner Freundin und sagt:

»Laßt euch nur nicht stören!«

»Aber Sie stören uns nicht, im Gegenteil!« ruft Rézi. »Helfen Sie mir lieber, Claudine zu versöhnen, die mir ein aufrichtiges Kompliment übelnimmt!«

»Ich zweifle nicht an seiner Aufrichtigkeit. Aber wußten Sie es auch überzeugend vorzubringen? Meine Claudine ist ein leidenschaftliches, ernsthaftes Mädchen, das in gewissen Dingen keinen Spaß versteht« (Renaud gehört einer Generation an, die noch Musset zu lesen pflegt. Daher trällert er die Serenade des Don Juan) »und Äußerungen, die von einem gewissen Lächeln begleitet sind, nicht ernst zu nehmen geruht.«

»Renaud, um alles in der Welt! Keine ›Enthüllungen aus dem Eheleben‹!«

Ohne zu wollen, habe ich die Stimme erhoben, verärgert und ungeduldig. Rézi schenkt mir ihr entwaffnendstes Lächeln.

»Oh! Doch, Claudine, doch! Lassen Sie ihn erzählen! Es interessiert mich so sehr! Außerdem ist es Freundespflicht, meine armen Ohren ein wenig aufzuheitern! Sie wissen kaum mehr, was ... Lieben eigentlich heißt.«

Hm! Diese geräuschvolle Klage der darbenden Gattin scheint zu der Flirtmüdigkeit von vorhin schlecht zu passen. Doch Renaud weiß nichts davon. Großzügig und mitleidsvoll betrachtet er Rézi von Knöchel bis Knoten und ruft aus, während ich mich des Lachens nicht erwehren kann: »Armes Kind! Noch so jung, und schon all dessen beraubt, was das Leben verschönt und verklärt! Kommen Sie zu mir! Der Trost harrt Ihrer auf dem Kanapee meines Kabinetts, billiger als beim Spezialisten.«

»Billiger? Ich fürchte die Spezialpreise ...«

»Sind Sie denn Spezialistin? Außerdem ist man ehrenwert, oder man ist es nicht ...«

»Und Sie sind es nicht. Nein, danke, Sie Wohltäter der Menschheit! So weit bin ich noch nicht ...«

»Wie weit denn?«

»Augenblicklich halte ich bei den Tröstungen ...«

»Bei welchen? Es gibt Tröstungen mehrerer Arten, zweier zumindest ...«

Sie errötet, stellt sich kurzsichtiger, als sie ist, und wendet sich flehend an mich, lautlos und geschmeidig:

»Claudine! Helfen Sie mir!«

»Jawohl, ich werde Ihnen gleich helfen – wenn Sie es wagen, sich von Renaud trösten zu lassen!«

»Nein, wirklich? Eifersüchtig?«

Grausamer Übermut prickelt aus ihren Zügen, läßt sie noch schöner, noch reizvoller erscheinen. Sie sitzt auf der Sesselkante in gestraffter, erwartungsvoller Haltung und sieht aus, als wolle sie hier und jetzt davonschnellen. Blaßgoldener Flaum, heller als ihre Haare, flimmert auf der nahen Wange, und die durchsichtigen Wimpern flattern unaufhörlich wie die Schleierflügel einer Wespe. So viel Schönheit nimmt mich gefangen, und ich erwidere wahrhaft:

»Eifersüchtig? O nein, Rézi! Dafür sind Sie viel zu hübsch! Die Demütigung, mich mit einer häßlichen Frau zu betrügen, würde ich Renaud niemals verzeihen!«

Mein Gatte liebkost mich mit einem jener klugen Blicke, die mich unweigerlich zurückholen, wie weit mich Ungebärdigkeit, Fernweh oder Einsamkeitsbedürfnis auch entführt haben mögen ... Wie dankbar bin ich ihm, mir schweigend so viel Zärtlichkeit zu schenken, über Rézis Kopf hinweg ...

Rézi-die-Blonde hingegen (hat sie mich verstanden?) rückt näher, verschränkt die Hände in ihrem Muff, rekelt sich, zieht ein Schmollmündchen, räuspert sich und murmelt:

»Verzeihung – aber Ihre verzwickte Psychologie ist mir zu hoch. Dabei bekomme ich Hunger ...«

»Oh! Und ich lasse Sie fasten, Arme!«

Ich springe auf und eile zur Klingel.

Brennend heiße Tassen, geröstete Brotschnitten, von Butter langsam durchsetzt, verströmen Frieden und Freundschaft. Ich verachte den Tee der feinen Leute: ein Körbchen zwischen den Knien, tue ich mich an weichen Quitten und mostigen Mispeln gütlich, Winterfrüchten, die köstlich nach Keller und Moder duften ...

Mélie hat sie mir geschickt.

Ein halbverbranntes Stück Toast, schwarz und rauchend, erfüllt den Raum mit Kohlenduft. Das genügt. Ich glaube mich in Montigny, am offenen Kamin, vermeine zu sehen – nein, sehe, wie Mélie ein Scheit ins Feuer wirft, wie Fanchette, entrüstet über die plötzliche Kühnheit der Flammen und das Geknatter des feuchten Holzes, ihren Platz auf den heißen Backsteinen verläßt und hoheitsvoll zur Seite weicht –

»Fanchette!«

Ich habe laut geträumt, zur grenzenlosen Heiterkeit Renauds, zu Rézis unverhohlenem Staunen. Ich erröte und lache mit, so gut es geht.

Kraftlos schleppt sich der Winter dahin, schmutzig und lau. Der Jänner geht dem Ende zu. Wie träge, wie hastig verrinnen die Tage! Hektischer Betriebsamkeit folgen Stunden völliger Ruhe. Premieren, Diners, Matineen und Konzerte in wirbelnder Folge, oft zwei an einem Tag, bis ein Uhr nachts. Renaud paradiert, ich wanke.

Wir erwachen spät morgens. Das Bett verschwindet unter der Last zahlreicher Zeitungen. Renaud teilt seine Aufmerksamkeit zwischen dem »Verhalten Englands« und dem Claudines, die auf dem Bauch liegt, in mürrische Träume verloren. Mein gesundes Schlafbedürfnis vermag sich mit diesem überhitzten Leben nicht abzufinden. Rasches Mittagessen: blutiges Fleisch für meinen Gatten, für mich gezuckerte Scheußlichkeiten aller Art. Das Nachmittagsprogramm ist Änderungen unterworfen. Um Punkt fünf jedoch – Rézi. Das steht fest. Entweder sie besucht mich, oder ich gehe zu ihr. Ich werde ihr teurer und teurer, ohne daß sie es zu verbergen sucht. Und ich? Ich gewinne sie lieber und lieber – was hilft's, leugnen zu wollen – und tue mein Bestes, mir nichts anmerken zu lassen.

Fast jeden Abend, gegen sieben Uhr, wenn es gilt, den Teesalon oder die Bar zu verlassen, wo sich Rézi mit einem

Cocktail erwärmt, während ich an versalzenen Frites knabbere, packt mich stummer Zorn bei dem Gedanken, daß ich heimgehen muß, mich umzukleiden, daß Renaud mich erwartet, höchstwahrscheinlich schon damit beschäftigt, die Perlmanschettenknöpfe am Frackhemd festzustecken.

Dank meiner kurzen, aufreizend einfachen Frisur beunruhige ich Männer und Frauen – ich gestehe es mit ehrender Bescheidenheit – in gleicher Weise. Erstere sagen angesichts einer kalten Schulter und des Mangels an Locken: »Claudine ist für Frauen.« O männliche Einfalt! Wenn ich nicht für Männer »bin«, muß ich Frauen lieben, das gibt die Vernunft, nicht wahr?

Interessant ist, daß manche Frauen diese Ansicht zu teilen scheinen, wohl in Anbetracht meines Herrenschnitts und der Kühle, die ich ihren Männern und Liebhabern bezeige. Ich habe so manchen Blick überrascht, hübsch, neugierig, verschämt und flüchtig, so manch plötzliches Erröten, wenn ich die Anmut einer nackten Schulter, eines vollkommenen Halses länger betrachtete als üblich, habe auch dem Anprall unverhüllter Begierden standgehalten. Doch diese Salonprofessionellen (noch sehe ich die vierschrötige Frau in den Wechseljahren, das vertrocknete, dunkelhäutige Mädchen mit der schiefen Hüfte, die monokelbehaftete Jüdin, die ihre Raubvogelnase in Halsausschnitte steckte, als wollte sie damit einen verlorenen Ring herausfischen), all diese Verführerinnen mußten unverrichteterdinge wieder abziehen, empört über Claudines offensichtlichen Mangel an Neugier. Mußte das den kaum angedeuteten Ruf nicht ins Wanken bringen? Keine Angst: vorgestern konnte ich auf den Lippen einer meiner »Freundinnen« (einer jungen literaturbeflissenen Dame, der ich wohl an die fünfmal begegnet bin) bei dem Wort »Rézi« ein böses Lächeln entdecken. Ich wußte es wohl zu deuten. Und ich habe das Gefühl, daß Rézis Gatte leicht unangenehm werden könnte, sollte das Getuschel je bis an sein gargekochtes Ohr dringen.

Eines Tages hätte ich diesen unsympathischen Patron beinahe gezähmt:

»Jour« bei Renaud. Gegen meinen Willen, die Nerven zum Zerreißen gespannt, lauschte ich dem Gekrächze einiger kahler junger Herren, die sich mit lärmender Lebhaftigkeit über Literatur unterhielten. »Sein letzter Roman? Verlassen Sie sich doch nicht auf die Reklame! Er hat im ganzen sechs Auflagen verkauft!« »Nein, acht!« »Sechs, sage ich Ihnen! ›Auflagen‹ zu 200 Stück, inklusive Belegexemplare! Sevin hat es mir selbst gesagt!« »Lächerlich! Der Verleger druckt, was er will! Und mit der Verrechnung hält er's ebenso! Wer kann ihm was nachweisen?« »Von meiner ›Zergliederten Seele‹ hat Floury allein zwanzig Stück pro Tag verkauft! Und wieviel, glauben Sie, hat mir das Buch eingebracht? Dreißig Louis, alles in allem! Was sagen Sie jetzt? Und da hat sich der Verleger nicht entblödet, mir einen elenden Vorschuß von 150 Francs abziehen zu wollen!« »Wenn man bedenkt, daß wir an den Belegexemplaren nichts verdienen – es ist empörend! Aber ich verlange kaltlächelnd zusätzliche Bände, behaupte, sie für die Presse zu brauchen, und verkaufe sie bei Gougy.« »Ich auch!« »Ich auch! Klar! Soll man sich die Haut über die Ohren ziehen lassen?« »Glauben Sie mir, mein Lieber, mit 40 Prozent im Groß- und 12–14 Prozent im Detailhandel könnte uns der Verleger pro verkauftes Exemplar leicht zwanzig Sous zahlen und trotzdem nicht arm werden!« »Er könnte sogar dreißig springen lassen, ohne bankrott zu gehen!« »Was für ein Pack, diese Verleger! Oh!«

Sie schrien durcheinander, mit der Selbstsicherheit, die nur willentliche Taubheit verleiht. Ich sah sie an und murmelte in Gedanken an Kipling und sein Affenvolk: »Bandar-log!«

Lambrook stand neben mir. Er hörte das indische Wort und wußte es sogleich zu deuten. Ein krampfhaftes Zittern durchlief seine Kinnladen, seine hellen, frischgewaschenen Augen blickten in die meinen: da erklang am anderen Ende des Salons Rézis Lachen, ein Lachen, dessen laute, unechte Fröhlichkeit den Gatten aufhorchen ließ. Er erhob sich wie von ungefähr und schlenderte hinüber, nachzusehen, mit wem seine Frau sich so hörbar amüsierte.

Kaum war der wachsamste aller Ehemänner verschwunden, als sich ein viel zu erfolgreicher Schriftsteller neben mir niederließ (Spezialität: Zergliederung des weiblichen Seelenlebens), um mir mit Haltung und Ausdruck eines am Rand der Ekstase keuchenden Menschen (beides zu Nutz und Frommen zahlreichen Publikums sorgfältig einstudiert) zuzuraunen:

»Welch schlechtes Wetter!«

Mit den Sitten und Gebräuchen dieses »Bourget des kleinen Mannes« (der Spitzname stammt von Renaud) bestens vertraut, hütete ich mich wohl, die gut vorbereitete und durchaus nicht kunstlos vorgetragene Improvisation über den kältearmen, zerrinnenden Winter, die köstliche Beklemmung früh einbrechender Dämmerstunden und den trügerischen, in diesem beunruhigenden Dezember verborgenen Frühling zu unterbrechen. Wahrer Frühling jedoch – matte Haut, blühende Brüste – pocht unter schweren Pelzen (guter Übergang) ... Von da bis zu dem Wunsch, diese schweren Pelze auf den weichen Teppich einer wohl ausgestatteten Junggesellenwohnung gleiten zu sehen, ist nur ein Schritt. Der Meister ist in voller Fahrt – kein Zweifel, er wird ihn wagen. Ich hauche, sanft und verträumt, als sei ich schon gewonnen:

»Ja ... draußen herrscht die gefährlich-berauschende Schwüle eines Glashauses ...«, und schließe unversehens, mit übertrieben fresnischem Akzent, um ihn vollends aus der Fassung zu bringen: »Jawohl, das Korn wird bald herauskommen, auch der Haaafer!«

Sicher zweifelt er an meinem Verstand. Juhu! Aber beleidigt habe ich ihn, soviel steht fest. Wieder einer, der überall herumschreien wird, von der Höhe seines stattlichen Bauchs: »Claudine? Die ist für Frauen!«, um im Geiste hinzuzusetzen: »... sonst wäre sie für mich.«

Für Frauen? Daß ich nicht lache! Kommt doch einmal zu uns, ihr Esel, eines Vormittags zum Beispiel, so gegen zehn! Dann werdet ihr schon sehen, ob ich »für Frauen« bin!

Ein Brief Papas flattert ins Haus, prahlerisch und bekümmert. Trotz des Fehlens einer wichtigen Schraube in seinem nimmermüden Gelehrtenhirn wird sich Papa meiner Abwesenheit verärgert bewußt. In Paris vermißte er mich nie. Aber dort in Montigny scheint ihm das alte Haus zu groß, zu leer, bar jeglicher Claudine. Kein stilles Mädchen, ein Buch zwischen den Knien, kauert im tiefen, zerrissenen Fauteuil. Niemand wiegt sich im Wipfel des hohen Nußbaums und knackt Nüsse wie ein zünftiges Eichhörnchen. Niemand liegt der Länge nach auf der schmalen Gartenmauer, auf der Jagd nach Nachbars Pflaumen oder den Dahlien der alten Adolphe ... Natürlich erwähnt Papa das alles nicht so wörtlich. Das stünde weder mit seiner Würde in Einklang noch mit dem Adel seines Stils, der sich zu gewissen Kindereien nicht hergibt. Aber er denkt daran. Ich auch.

Zitternd, von Heimweh und Erinnern durchdrungen, laufe ich zu Renaud, mich an seiner Brust zu verstecken, an seiner beruhigenden Schulter ein wenig auszuruhen. Mein geliebter Großer, den ich an löblicher Arbeit hindere (ohne daß er je widerspräche), versteht zwar die Ursachen meiner plötzlichen Seelenzustände, die er meine »Zusammenbrüche« nennt, nicht immer, versagt mir aber weder seine Arme noch seinen Schutz. Er ist großzügig und fragt nie zuviel. Seine Wärme löst und verscheucht die fresnische Fata Morgana, und da er, von meiner Nähe rasch erregt, die Arme enger um mich schlingt und seinen golddurchwirkten, ewig Tabak- und Maiglöckchenduft verströmenden Schnurrbart über mich neigt, lache ich ihn an:

»Sie riechen wie eine rauchende Blondine!«

Er erwidert neckend:

»Und Rézi? Wonach riecht sie?«

Ich horche in mich hinein und erkläre schließlich:

»Nach Lüge.«

»Nach Lüge! Willst du damit behaupten, daß ihre Liebe zu dir geheuchelt sei?«

»Nein, mein Großer. Ich habe mich schlecht ausgedrückt. Ich wollte viel weniger zu verstehen geben, als ich aussprach: Rézi lügt nicht. Sie verbirgt ihre Gedanken, hortet sie. Nie würde sie ihre Umwelt mit weitschweifigen, bis ins kleinste ausgearbeiteten Berichten erfreuen, wie z. B. die hübsche von Langendonck, die einen Satz mit ›Eben komme ich aus den Galeries Lafayette‹ beginnt, um mit der Mitteilung zu enden, vor fünf Minuten in Saint-Pierre de Montrouge gewesen zu sein. Rézi ist zurückhaltend, und dafür weiß ich ihr Dank. Doch ich fühle, daß sie mir vieles verbirgt, daß sie, wie Fanchette, tausend kleine Greuel mit leisen Pfoten säuberlich verscharrt – Greuel ohne Bedeutung, werden Sie sagen – vollkommen jedoch in ihrer Winzigkeit.«

»Was, zum Beispiel?«

Ich zucke die Achseln.

»Beweise habe ich freilich keine. Ich spreche rein gefühlsmäßig. Aber Rézis Stubenmädchen hat zum Beispiel die seltsame Gewohnheit, ihr des Morgens zuweilen ein zerknittertes Stück Papier zu überreichen: ›Das vergaß Madame in der Tasche des gestrigen Kleides ...‹ Zufällig warf ich einmal einen Blick auf den zerknüllten Inhalt des ›gestrigen Kleides‹: ich könnte schwören, daß er aus einem ungeöffneten Kuvert bestand. Was halten Sie von diesem Postsystem? Selbst der eifersüchtige Lambrook könnte nichts weiteres darin sehen als ... altes Papier.«

»Großartig!« träumt Renaud mit lauter Stimme.

»Verstehen Sie jetzt, mein Großer? Diese gleisnerische, weißgoldene Rézi mit den wasserklaren Unschuldsaugen kommt her und betäubt mich mit ihrem seltsam-würzigen Waldduft – es ist, als ginge sie in einer Wolke von Heidekraut und Schwertlilien ...«

»He! Claudine!«

»Was haben Sie?«

»Was *ich* habe? Was du hast, möchte ich wissen! Ich träume wohl! Meine verschlossene, hochmütige Claudine nimmt an jemand anderem Anteil – ja, das Interesse für diese Rézi treibt sie sogar dazu, nachzudenken, Folgerungen zu ziehen ... Mein Fräulein, mir scheint fast« (er schilt zum Spaß, die Arme auf der Brust gekreuzt wie Papa), »wir sind verliebt!«

Ich schlage die Augen nieder und weiche zurück, so widerspenstig, daß er sogleich auffährt:

»Schon wieder böse? Du nimmst aber auch alles tragisch!«

»Und Sie nehmen nichts ernst!«

»Doch, eines: dich!«

Er wartet. Ich rühre mich nicht.

»So komm doch her, mein Dummes! Oh, wieviel Mühe kostet mich dieses Kind! Claudine«, fragt er, als ich wieder auf seinem Schoß sitze, schweigend und noch ein wenig verkrampft, »erkläre mir eines.«

»Was?«

»Wenn es gilt, einen deiner geheimsten Gedanken zu

verraten, selbst deinem alten Ehepapa, so bäumst du dich auf, scheu, bockig und nicht minder entrüstet, als wenn man von dir verlangte, einer Versammlung prominenter Pariser deinen Hintern zu zeigen. Warum?«

»Weil ich meinen Hintern kenne, o einfache Seele – er zeichnet sich durch Straffheit und gefällige Tönung aus und fühlt sich durchaus nicht unangenehm an – nicht aber meine Gedanken, mein Großer! Ihrer Klarheit, ihres Werts bin ich viel weniger gewiß. Und da rettet mich mein Schamgefühl, klüger als ich, und hilft mir, Dinge zu verbergen, deren Häßlichkeit und Schwäche ich kenne ...«

Der heutige Morgen läßt sich schlecht an: Renaud ist wütend, beherrscht von düsterem, traurigem Zorn. Wortlos sehe ich zu, wie er Briefe zerknüllt und ins Feuer wirft, eine ganze Ecke seines papierbeladenen Schreibtischs leerfegt und ein gutes Dutzend Broschüren ins knisternde Koksfeuer schleudert. Schließlich entlädt sich das Ungewitter über das Haupt des saumseligen Ernest, der es wagte, nicht rasch genug herbeizueilen. Hinauswurf scheint das mindeste, was ihn bedroht. Nur so weiter!

Ich sitze mit gefalteten Händen, schaue und schweige. Renauds Blick schweift zu mir und sänftigt sich:

»Da bist du ja, Kleines. Ich hatte dich nicht gesehen. Wo warst du?«

»Bei Rézi.«

»Das hätte ich mir denken können! ... Aber verzeih, Liebste, wenn ich es an der nötigen Aufmerksamkeit fehlen lasse ... ich bin verdrossen.«

»Was Sie nicht sagen!«

»Lach mich nicht aus ... Komm her. Tu mir gut! Beruhige mich! Ich habe Nachrichten von Marcel, abscheulich bis zum Ekel ...«

»Ah?«

Der letzte Besuch meines Stiefsohns kommt mir in den Sinn. Marcel übertreibt. Von unbegreiflicher Prahlsucht getrieben, erzählte er mir ungefragt tausend Abenteuer, darunter die Geschichte einer Begegnung in der Rue de la Pompe, zur Stunde, da das Janson-Gymnasium einen Schwarm blaubemützter Knaben freigibt ...

Das letztemal wurde der Bericht seiner Irrfahrten durch Rézi unterbrochen, die an Marcel ihre schärfsten Waffen erprobte – Blicke, Gebärden, ausgeklügelte Drehungen –, um sich nach einer guten Dreiviertelstunde erfolgloser Anstrengungen mir zuzuwenden, mit einer allerliebsten Geste der Entmutigung, die so offensichtlich besagte »Uff! Ich habe genug!«, daß ich mich des Lachens nicht erwehren konnte. Marcel hingegen (dieser Verrückte ist beileibe nicht dumm) antwortete mit seinem verächtlichsten Lächeln.

Seine Geringschätzung währte allerdings nicht lange: kaum merkte er, daß die wählerische Rézi sämtliche Pfeile der Verführung – dieselben! – neuerlich hervorholte, um sie auf mich abzuschießen, wich seine verachtungsvolle Gleichgültigkeit unverhohlenem Staunen, und er empfahl sich eilig, mit unangebrachter, übertriebener Diskretion.

Welche neue Schandtat hat er wohl begangen? Ich bette das Haupt auf die Knie Renauds und warte.

»Immer dasselbe, mein Armes! Mein reizender Herr Sohn bombardiert einen Jungen aus guter Familie mit neo-griechischer Literatur ... Du schweigst, kleines Mädchen? Gott ja, du hast recht, schließlich sollte ich mich langsam daran gewöhnen ... Aber diese Geschichten widern mich dermaßen an ...«

»Warum?«

Diese Frage, in sanftestem Ton gestellt, läßt Renaud in die Höhe fahren.

»Warum? Was soll das heißen?«

»Lassen Sie mich ausreden, mein Lieber! Warum – wollte ich fragen – entlockt Ihnen der Gedanke, daß Luce mir eine allzu zärtliche Freundin war, nur ein erheitertes, durchaus nicht mißbilligendes Lächeln? Wieso scheint es fast, als hofften – jawohl, hofften! – Sie, daß Rézi eine glücklichere Luce werden könnte?«

Oh, das verdutzte Gesicht meines Gatten! Fassungslose Überraschung, verletztes Schamgefühl und ein seltsames kleines Lächeln, halb spitzbübisch, halb schuldbewußt, gleiten darüber hin wie Wolkenschatten über eine Wiese ... Endlich ruft er triumphierend:

»Das ist nicht dasselbe!«

»Gott sei Dank nicht, zumindest nicht genau ...«

»Nein, das ist etwas ganz anderes! Ihr dürft euch alles erlauben, ihr Frauen! Bei euch ist es reizend, belanglos ...«

»Belanglos? Das finde ich nicht ...«

»Doch, doch! Für euch hübsche Tierchen ist das nichts als ein ... Trost, eine Art erholungspendender Zerstreuung ...«

»Ah?«

»Eine Entschädigung ... Die verständliche Suche nach einem vollkommeneren Partner, einer Schönheit, die der euren besser entspricht, euch das eigene Denken und Fühlen, die eigene Macht und Ohnmacht spiegelgleich entgegenhält ... Wenn ich es wagte (doch ich wage es nicht), würde ich sagen, daß manche Frauen der Frau bedürfen, um die Lust am Mann nicht zu verlieren ...«

(So? Tut mir leid! Das ist mir zu hoch. Wie schmerzlich, einander so sehr zu lieben und dennoch so wenig zu verstehen! Ich kann mir nicht helfen: was mein Gatte eben sagte, dünkt mich im besten Fall eine jener selbstgefälligen Widersinnigkeiten, die lediglich dazu dienen, seine krasse Leichtfertigkeit zu übertünchen ...)

Rézi ist mein Schatten geworden. Sie weicht nicht von meiner Seite, umgarnt mich mit anmutigen Gebärden, deren Kreisen sich ins Nichts verliert, bestürmt mich mit Worten, Blicken und Gedanken, deren gefährliches Knistern ich zu hören vermeine. Nein, es würde mich nicht wundern, ihre Wünsche den schlanken Fingern funkengleich entsprühen zu sehen ...

Um meine Ruhe ist es schlecht bestellt: ich fühle mich unterlegen. Ihr Wille ist ruhiger, hartnäckiger, folgerichtiger als der meine, der nur vorwärtsspringt, um wieder zu erschlaffen.

Sie reicht mir ihre Schönheit wie einen betäubend duftenden Strauß, erhöht sie vor meinen Augen, führt sie von fast gänzlicher Hüllenlosigkeit über sämtliche Stufen koketten Putzes zu neuen, strahlenden Siegen, erregt, erzürnt mich mit sanfter Ausdauer.

»Was wollen Sie von mir?« Das fragte ich am liebsten. Doch ich wage es nicht. Ich fürchte die Antwort. Und darum verharre ich in feigem Schweigen, um sündenlos in ihrer Nähe weilen zu können. Seit drei Monaten ist sie meine geliebte Gewohnheit.

Was sollte mich auch beunruhigen? Nichts, außer der beharrlichen Sprache der leuchtenden grauen Augen und so manchem jähen Ausruf wie »Ich liebe Sie!«, der ihr zuweilen entfährt, ungestüm wie ein Kinderschrei.

Was liebt sie denn an mir, im Grunde genommen? An der Wahrhaftigkeit ihres Gefühls – ihrer Begierde zumindest, für ihre Zärtlichkeit vermöchte ich nicht zu bürgen – besteht kein Zweifel. Doch ich fürchte, jawohl, schon fürchte ich! – daß diese Begierde ihre einzige Triebkraft sei.

Gestern abend litt ich unter Migräne, und die Dämmerung lastete schwer auf mir. Ich gestattete Rézi, die Hände auf meine Augen zu legen, und vermeinte durch die geschlossenen Lider die anmutige Ranke ihres geneigten Körpers zu sehen, dessen Schlankheit ein bleigraues, die Farbe ihrer Augen verfälschendes Kleid eng umspannte.

Gefährliche Stille sank auf uns nieder. Rézi wagte weder, sich zu rühren, noch, mich zu küssen, und stammelte nur nach einer kurzen Weile: »Oh, meine Liebste ... meine Liebste ...« Dann schwieg sie von neuem.

Die Pendeluhr schlug sieben. Ich fuhr in die Höhe, schüttelte mich und lief zum Schalter, Licht zu machen. Die jähe Helle traf eine bleiche, köstliche Rézi, deren Lächeln an der unüberwindlichen Mauer meines finsteren Gesichts zerschellte. Hart und verschlossen blickte ich sie an wie an meinen bösesten Tagen.

Sie ließ sich nicht aus der Fassung bringen. Gefügig griff sie nach ihren Handschuhen, unterdrückte einen kleinen Seufzer, rückte den unvermeidlichen Hut zurecht, flüsterte mir »Adieu, auf morgen!« zu – sehr, sehr nahe – und ließ mich allein vor dem Spiegel, ihrer leichtfüßigen Flucht nachzuhorchen ...

Mach dir nichts vor, Claudine! Solltest du sie wirklich verkennen, den Grund dieser Meditation vor dem Spiegel, die wahre Beschaffenheit der aufkeimenden Gewissensbisse, die sich in deinen Zügen zu malen schienen? Unruhe war es, nichts weiter, Furcht, dieses tabakäugige Antlitz, das deine Freundin liebt, verändert, gealtert, entzaubert zu finden ...

»Woran denkst du, geliebtes kleines Mädchen?«

Das geliebte kleine Mädchen, in ein rosa Nachthemd eingemummt, hockt im breiten Ehebett, schnitzelt mit Hilfe eines reizenden, mit Elfenbeingriff versehenen Scherchens an den Zehennägeln seines rechten Fußes, geschickt und gedankenverloren, und schweigt.

»Woran denkst du, geliebtes kleines Mädchen?«

Ich hebe mein zerrauftes Haupt und betrachte Renaud, als sähe ich ihn zum erstenmal. Er knüpft bereits seine Krawatte, angekleidet von Kopf bis Fuß.

»Woran du denkst, möchte ich wissen. Seitdem du wach bist, hast du kein Wort mit mir gesprochen, hast dir selbst meine Zärtlichkeit beweisen lassen, ohne darauf zu achten ...«

Stummer Widerspruch Claudines: ich hebe die Hand.

»Zugegeben, ich übertreibe. Aber du warst zerstreut, Claudine ...«

»Sie setzen mich in Erstaunen!«

»Das zu behaupten, ist an mir! Du hast bei diesen Spielen sonst größere Aufmerksamkeit bewiesen ...«

»Das sind keine Spiele.«

»Nenn es Alpträume, wenn du willst. Die Bemerkung bleibt bestehen. Wo irrst du herum, mein Vögelchen?«

»Ich möchte aufs Land fahren«, erwiderte ich nach reiflicher Überlegung.

»Claudine!« seufzt Renaud, »Sieh doch!« Er hebt den Vorhang. Eine Sintflut entströmt den Dachrinnen, badet die Scheiben.

»Der Morgentau hat dich wohl in Stimmung gebracht? Denk nur an die Ströme schmutzigen Wassers, den aufgeweichten Boden, den vollgesogenen Rocksaum, der an den Knöcheln klebt; denk an die eisigen Tropfen, die sich an den Ohrläppchen festsetzen ...«

»Das tue ich. Was wissen Sie von der Schönheit des Landregens! Die Holzschuhe lösen sich klatschend und widerwillig aus ihrem nassen Abdruck, und unter der rauhen, mit Wasserperlen besetzten Wollkapuze lacht man sich ins Fäustchen, wohlgeborgen und fröhlich ... Zugegeben, die Kälte sticht, aber man wärmt seine Schenkel mit zwei Taschen heißer Kastanien, zieht feste Strickhandschuhe an –«

»Verschone mich! Nicht weiter! Beim Gedanken an

Wollhandschuhe knirschen meine Zähne ganz von selbst! Wenn du dein Montigny unbedingt wiedersehen willst, wenn es dir tatsächlich so sehr am Herzen liegt, wenn es ein ›letzter Wille‹ ist – nun« (er seufzt), »so werden wir in Gottes Namen hinfahren.«

Nein, das werden wir nicht. Ich sagte wohl, was ich dachte, glaubte zumindest, zu denken, was ich sagte. Aber heute plagt mich kein Heimweh: mein Schweigen ist anderer Art.

Warum also bin ich so still? Weil – weil die Feindseligkeiten eröffnet sind. Rézis verliebte Verräterei hat mich überrumpelt. Ich weiß nicht, was ich tun soll, stehe ratlos da, ohne jeglichen Verteidigungsplan.

Gestern wie täglich erschien ich Punkt fünf bei Rézi. (Zu meiner Freude, zu meiner Wut gehört ihr nun einmal ein gut Teil meines Lebens, ohne daß ich etwas dagegen zu tun vermöchte.) Ich finde sie vor einem Höllenfeuer. Der Schein der Flammen umglüht und umleuchtet sie, gelöste Flechten umzeichnen das Haupt mit rosenfarbenem Licht, die Umrisse der Gestalt scheinen vom Kupfer- und Kirschrot des glühenden Metalls zerfressen und aufgelöst. Sie lächelt mir zu, ohne sich zu erheben, und streckt mir die Arme entgegen, so zärtlich, daß ich erschrecke und es bei einem einzigen, kurzen Kuß bewenden lasse.

»Ganz allein, Rézi?«

»Nein. Sie waren bei mir.«

»Ich? Und wer noch?«

»Niemand. Nur Sie. Sie und ich. Das genügt mir. Ihnen nicht.« Sie seufzt.

»Sie irren, Liebste.«

Sie schüttelt den Kopf, und die weiche Bewegung durchläuft den ganzen Körper, um in den kleinen Füßen zu verzittern, die der niedrige Hocker fast verbirgt. Das süße, verträumte Gesicht, dessen Mundwinkel im grellen Feuerschein nur zwei Schattenflecke sind, ist mir voll zugewandt, aufmerksam und ernst.

Wie! So steht es also mit uns? Und mehr weiß ich nicht zu sagen? Lasse mich überrennen, siegend besiegt, ohne die Dinge vorher beim Namen zu nennen, klar, und deutlich, wie es erwachsenen Menschen geziemt? Rézi ist keine Luce, deren Zärtlichkeitsbedürfnis für die nächsten vierundzwanzig Stunden mit einer Tracht Prügel gestillt werden kann. Ich bin an allem schuld, nur ich ...

Sie blickt schmerzlich zu mir empor und sagt mit halblauter Stimme: »O Claudine! Warum mißtrauen Sie mir? Setze ich mich dicht neben Sie, erwartet mich unter Ihrem Kleid ein stolzer, lebloser Fuß, der ebensogut einem Fauteuil gehören könnte, und mich in die Schranken weist. Wenn Sie wüßten, wie tief mich diese Abwehr verletzt! Wie unrecht Sie mir tun! Hat sich mein Mund auf Ihrem Antlitz je eines dieser freiwilligen Irrtümer schuldig gemacht, deren man nachher die Eile, die Dunkelheit bezichtigt? Sie behandeln mich wie eine ... Kranke, eine ... Professionelle, deren Hände und Haltung der Überwachung bedürfen ...«

Sie verstummt, wartet ab. Ich schweige. Sie spricht weiter, drängender, zärtlicher:

»Liebste, geliebteste Claudine, ausgerechnet Sie, die Feinnervige, Kluge, ausgerechnet Sie wollen der Zärtlichkeit so lächerliche Schranken setzen?«

»Lächerliche –«

»Jawohl, ein anderes Wort gibt es nicht. ›Meine Freundin darf mich nur hier und dort küssen, meine Geliebte überall‹.«

»Rézi –«

Sie fällt mir ins Wort:

»Oh, fürchten Sie nichts! Ich habe verallgemeinert. Zwischen uns ist nichts davon. Aber ich wäre so glücklich,

Liebste, so glücklich, wenn Sie endlich aufhören wollten, Ihre ganze Vorsicht gegen mich zu wappnen! Ich verdiene es nicht um Sie, und es bekümmert mich.« Und sie fügt in flehendem Ton hinzu, dicht vor mir stehend (wie ist sie nur näher gekommen? Ich habe keine Bewegung bemerkt): »Sprechen Sie offen: was stört Sie an meiner Zärtlichkeit? Was erregt Ihren Argwohn?«

»Ihre Gedanken«, erwidere ich leise.

Sie steht so nahe, daß die Wärme ihrer Haut auf meine Wange zurückstrahlt, und murmelt:

»Verzeihen Sie einer Liebe, deren Gewalt sich nicht verhehlen läßt ...«

Sie scheint fügsam. Hat sie's aufgegeben? Ich droßle meinen fliegenden Atem – nein, sie darf meine Erregung nicht ahnen –, der mir ihren Geruch zuträgt, den Duft nach erhitzter Seide, Lilien und etwas Süßem, Scharfem: sie hat den Arm gehoben, die Goldlast zu glätten, die auf ihrem Nacken ruht ... Wer rettet mich vor dem Taumel, der mich bedroht? Wie soll ich mir helfen? Durch plumpe Ablenkungsmanöver? Nein, dagegen wehrt sich mein Stolz. Rézi seufzt, dehnt sich, wiegend-wogend wie eine Rheintochter, scheint plötzlich zu erwachen – und ich sehe ihren Gatten im Türrahmen stehen. Er ist nach seiner üblichen Art eingetreten: indiskret und leise.

»Wie! Noch kein Licht, meine Liebe?«

Er reicht mir die Hand.

»Oh, läuten Sie nicht!« bitte ich, ohne Rézis Antwort abzuwarten. »Die Dämmerung ist mir die liebste Stunde –«

»So zwielichtig, nicht wahr?« sagt dieser unerträgliche Mensch mit leiser Stimme.

Rézi, in hartnäckiges Schweigen versunken, verfolgt ihren Gatten mit Blicken schwarzen Grolls. Er geht auf und ab, langsam und unerbittlich, überschreitet die Schwelle des

Salons, dessen Türe offensteht, versinkt im Dunkel des Nebenzimmers, ohne seinen Spaziergang zu unterbrechen, kommt wieder zurück, in gleichem, regelmäßigem Schritt, bis das Kaminfeuer sein hartes Gesicht, seine glanzlosen Augen von unten her beleuchtet. In meiner nächsten Nähe angelangt, macht er kehrt und entfernt sich von neuem.

Ich bleibe sitzen, ratlos, unentschlossen.

Plötzlich wandelt sich Rézis Blick, wird teuflisch: ein lautloser, wohlberechneter Schwung der Hüfte, und schon knechten mich zwei unsagbar weiche Lippen, schon zwingt ein Arm meinen Nacken. Wie Sterne stehen ihre weit offenen Augen über den meinen, horchen dem Schritt nach, der sich wieder entfernt, während ihre Hand dem gespenstischen Militärmarsch des Gatten lautlos den Takt schlägt und ihr zitternder Mund das Pochen meines Herzens zu zählen scheint. Eins, zwei, drei, vier, fünf – wie entzweigeschnitten, zerfällt die Umarmung. Lambrook dreht sich um. Rézi sitzt unbeweglich zu meinen Füßen, versunken in den Anblick des Feuers, als lese sie in den Flammen.

Staunen, Entrüstung, Entsetzen über die Gefahr, der sie sich wissentlich aussetzte, erpressen mir einen stammelnden Seufzer, einen leisen Schrei ...

»Wie sagten Sie, Madame?«

»So werfen Sie mich doch hinaus, Monsieur! Es ist entsetzlich spät ... Renaud hat sicher schon die Abgängigkeitsanzeige erstattet!«

Er lächelt.

»Wollen Sie mir die schmeichelhafte Gewißheit rauben, daß er Sie zuallererst hier suchen wird?«

Dieser Mensch ist unerträglich.

»Adieu ... Rézi.«

»Auf morgen, Liebste?«

»Auf morgen.«

Darum ist Claudine heute so einsilbig, darum feilt sie ihre Zehennägel, bedachtsam, stumm und gedankenverloren.

Feige, feige Rézi! Meine Verschwiegenheit so gemein zu mißbrauchen! Die Präzision ihrer Bewegung, die unvergeßliche Süße des gefährlichen Kusses – all dieses Gestern schlägt mit drückender Schwere über mir zusammen. Und Renaud glaubt mich traurig ... So wird er denn niemals verstehen, daß mir Begierde, Wollust, bewußte Nähe brennenden Bedauerns stets grau erscheinen, düster und drohend?

Falsche, lügnerische Rézi! Noch höre ich deine demütig-überzeugende Stimme, dein Klagen über unverdienten Verdacht, zwei Minuten, ehe mich dein Kuß überfiel! Lügnerin!

Doch im Grunde meines Herzens, das weiß ich genau, spricht die Jäheit ihres Angriffs zu ihren Gunsten. Dieselbe Rézi, die mich beschuldigte, wenn nicht ihre Begierde, so ihre Zurückhaltung zu mißdeuten, stand nicht an, meinen Zorn in Kauf zu nehmen und die brutale Eifersucht dieses hohlen Ungetüms ...

Was liebt sie mehr? Die Gefahr oder mich?

Vielleicht mich? Noch sehe ich das triebhafte Zucken der Hüften, die Gebärde unstillbaren Dursts, die sie meinem Mund entgegenwarf ... Nein, heute werde ich sie nicht besuchen ...

»Sie gehen aus, Renaud? Nehmen Sie mich mit?«

»Mit Vergnügen, meine Schöne! Rézi ist wohl beschäftigt?«

»Ach was, Rézi! Ich will mit Ihnen ausgehen!«

»Schon zerstritten?«

Ausweichende Geste Claudines. Er fragt nicht weiter. Wir gehen.

Entgegenkommend wie eine liebende Frau erledigt Renaud sämtliche Wege in wahrem Höllentempo, steigt schon eine halbe Stunde später zu mir in den Wagen – einen ausgedienten, aber gutgefederten Fiaker – und führt mich zu Pépette, wo wir Tee trinken, Bischofsbrot essen, Salat- und Heringsandwiches knabbern. Das Lokal ist gut geheizt, gemütlich, und wir sitzen bequem, sagen Dummheiten, als seien wir ein frischgebackenes Ehepaar, bis mich Appetit und Fröhlichkeit verlassen, wie durch Zauberei: ein angebissenes Brötchen hat genügt, mir einen fernen, vergessen geglaubten Vorfall in Erinnerung zu rufen ...

Knappe zwei Monate mag es hersein, daß ich eines Tages bei Rézi, zerstreut oder angegessen, ein Stück Kuchen liegenließ, in das meine Zähne ihre runde Spur gegraben hatten. Ins Gespräch vertieft, entging mir, daß sich Rézis leise, geschickte Hand des schartigen Leckerbissens versichert hatte. Aber plötzlich sah ich sie gierig hineinbeißen, merkte, wie sie mit den Zähnen den Halbmond vergrößerte, den die meinen herausgestanzt hatten. Sie sah sich entdeckt, errötete und sagte: »Wie gefräßig ich bin, nicht wahr?«, im Glauben, durch diese Bemerkung alles zu retten. Warum muß mich diese Erinnerung ausgerechnet jetzt überfallen? Ausgerechnet hier? Rézi! Wenn sie über mein Nichtkommen Schmerz empfände? Wirklichen Schmerz?

»Claudine! He! Claudine!«

»Was ist?«

»Aber, Liebste! Bist du krank? Armes Vögelchen! Warte: nur mehr kurze Zeit, und wir sausen nach Montigny, mit dem ersten warmen Wind, besuchen deinen edlen Vater, Fanchette und Mélie ... Ich kann dich nicht so verfallen sehen, geliebtes Kind ...«

Ein suchendes, ungewisses Lächeln dankt meinem Freund, vermag ihn aber nicht zu beruhigen. Wir kehren nach Hause zurück, zu Fuß, durch jenen frischen Dunst, der kaum versiegtem Regen folgt, über fettes, öliges Pflaster, das Menschen und Pferde ausgleiten läßt mit der unbeholfenen Bewegung Trunkener.

Daheim erwartet mich ein Rohrpostbrief.

»Claudine, um alles in der Welt, vergessen Sie! Kommen Sie! Lassen Sie mich erklären, was zu erklären ist ... Es war Spiel, nichts weiter, ein Schabernack, der unbezwingliche Wunsch, dem Mann, der in unserer nächsten Nähe auf und ab ging, dessen gedämpfter Schritt mich zur Verzweiflung trieb, einen Streich zu spielen ...«

Wie? Sehe ich recht? Sie wollte nichts anderes, als »dem, der auf und ab ging«, einen Streich spielen? Einen Streich, unter dem beinahe ich gefallen wäre? Oh, ich Esel! Einen Streich? Sie wird schon sehen, ob man mir ungestraft derartige Streiche spielt!

Wut und Zorn nisten sich in mir fest, wogen wie säugende Kätzchen. Ich schmiede wilde Pläne, verwerfe sie wieder ... Nein, ich will nicht wissen, wieviel Eifersucht, wieviel Enttäuschung in diesem Rasen steckt ... Renaud überrascht mich, den Rohrpostbrief in der Hand.

»Sieh da! Man drängt? Man droht? Alright! Merk dir, Claudine: der andere muß drängen. Dann läuft die Sache richtig.«

»Sie sind wohl Hellseher!«

Mein Ton ist alles andere denn freundlich. Renaud wittert Sturm, wird sogleich unruhig:

»Komm, Claudine! Was hat's gegeben? Nichts, was du mir erzählen könntest? Ich frage ja nicht nach Einzelheiten ...«

»Aber nein! Ihre Phantasie ist zu lebhaft ... Wir haben uns gezankt, das ist alles.«

»Soll ich die Sache in Ordnung bringen?«

Mein armer Großer! Angesichts so armer Güte, so großen Unverstands löst sich meine Verkrampfung. Doch das Lachen, mit dem ich mich in seine Arme werfe, gleicht eher einem Schluchzen.

»Nein, nein! Seien Sie unbesorgt! Morgen werde ich hingehen.«

Ein Schabernack!

Ein Rest von Vernunft hemmt meine Hand, ehe ich die Glocke ziehe. Diese Einsicht kenne ich nur zu gut: es ist die meine. Sie dient lediglich dazu, mir knapp vor der unvermeidlichen Entgleisung das hellsichtige Vergnügen zu bereiten, den Fehler in seiner ganzen Ungeheuerlichkeit zu erkennen. Und schon stürze ich mich hinein, wohlbepackt mit der beruhigenden Last voller Zurechnungsfähigkeit.

»Ist Madame zugegen?«

»Madame ist zwar krank, für Madame jedoch sicherlich zu sprechen.«

Krank! Daß ich nicht lache! So krank kann sie gar nicht sein, daß ich die Worte zurückhielte, die mir auf der Zunge schweben ... Und wenn's ihr auch weh tut ... soll es nur! »Ein Spiel«! Vorwärts, spielen wir!

Eine schneeweiße Rézi empfängt mich: weiß die Wangen, weiß das fließende Crêpe-de-Chine-Gewand. Malvenfarbene Schatten vertiefen das Blau ihrer Augen.

Darauf war ich nicht gefaßt. Ihre Anmut, der Blick, den sie mir zuwirft, bewegen mich seltsam, sprechen zu ihren Gunsten. Ich bleibe stehen:

»Sollten Sie wirklich krank sein, Rézi?«

»Jetzt nicht mehr.«

Ich zucke die Achseln, wegwerfend, unaufrichtig. Aber halt: die Ironie meines Lächelns bringt sie außer sich.

»Sie können lachen? So gehen Sie doch wieder, wenn Sie lachen wollen!«

Solch jähe Heftigkeit raubt mir die Fassung. Ich suche meinen Vorteil wahrzunehmen: »Ah? Ich dachte, Sie fänden Geschmack an Spielen ... liebenswürdigen Streichen ...«

»Oh! Das haben Sie geglaubt? Es ist nicht wahr! Der ganze Brief war erlogen, von A bis Z, aus purer Feigheit ... ich wollte Sie wiedersehen, ich kann ohne Sie nicht mehr leben, aber –«, ihre Glut löst sich in aufkeimenden Tränen, »aber – es war kein Scherz, Claudine!«

Sie wartet, bangt vor meinen Worten, fürchtet mein Schweigen. Oh, sie ahnt nicht, daß alles in mir brodelt ... Die Freude schlägt über mir zusammen, das Glück, geliebt zu werden, es zu wissen und zu hören, die geizige Befriedigung, ein verloren geglaubtes Gut wiederzuerhalten, der siegreiche Stolz, mehr zu sein als ein erregendes Spielzeug ... In diesem Strudel versinkt meine Frauenwürde, ich fühle es wohl ... aber sie liebt mich ... ich kann sie noch länger leiden lassen ...

»Liebste Rézi –«

»Oh, Claudine!«

Sie glaubt sich erhört, springt auf, streckt mir bebend die Arme entgegen. Der gleiche goldene Schein strahlt aus Augen und Haar ... O Gott, warum muß der Anblick dessen, was ich liebe – Schönheit meiner Freundin, Zauber der fresnischen Wälder, Begierde Renauds –, in mir immer denselben brennenden Durst nach Küssen, Zärtlichkeit, bedingungsloser Besitznahme wecken? Habe ich nur eine einzige Art, zu empfinden?

»Liebste Rézi ... Soll ich aus Ihrem Fieber, Ihrer Erregung schließen, daß man Ihnen zum erstenmal widersteht? Allerdings begreife ich bei Ihrem Anblick nur zu gut, daß es Ihnen an entzückten, willfährigen Freundinnen nie fehlte ...«

Ihre lockende Bewegung zerstiebt ins Nichts. Rézi hatte mir die Arme entgegengestreckt, aus engem, endlosem Kleid, dessen Schleppe sie umschmeichelt und im Schatten verschwindet wie das flüchtige Zaubergewand Melusines. Jetzt steht sie unbeweglich, mit herabhängenden Händen, den Blick unverwandt auf mich gerichtet, sucht ihre Waffen zusammen – ich sehe es genau –, rüstet sich, fieberhaft, zornbebend, zum Äußersten entschlossen, und schreitet schließlich zum Angriff.

»Zum erstenmal? O nein! Glauben Sie, ich hätte in acht Jahren ›Eheleben‹ mit diesem hohlen Stein nicht alles versucht, hätte in meinem verzweifelten Sehnen nach Liebe nicht nach dem Schönsten, Süßesten dieser Welt gestrebt – einer liebenden Frau? Vielleicht gilt Ihnen die Neuheit, die Ungeschicklichkeit eines ersten – Fehltritts mehr? Oh, Claudine! Es gibt Besseres ... die Suche, die Wahl ...« Und sie endet, verletzt: »Ich habe Sie gewählt ... Sie haben mich geduldet. Das ist alles ...«

Eine allerletzte Vorsicht nagelt mich fest. Aber noch etwas läßt mich regungslos verharren: das Bedürfnis, sie zu bewundern. Alle Pfeile ihrer Anmut, ihrer Stimme stehen im Dienste der Leidenschaft. Sie sagte wahrheitsgetreu: »Du bist nicht die erste«, weil hier die Wahrheit tiefer trifft als die Lüge. Selbst ihre Aufrichtigkeit ist Berechnung, ich fühle es genau, aber sie liebt mich!

Ich träume von ihr, die mir gegenübersteht, berausche mich an ihrem Anblick. Sie wendet den Hals, und das Bild der wohlbekannten Rézi ersteht vor meinen Augen, der halbnackten Verwandlungskünstlerin ... Ich schauere zusammen. Es wäre ein Gebot der Vorsicht, sie nur mehr angekleidet zu sehen ...

Mein Schweigen zerrt an ihren Nerven. Sie wird unruhig, sucht mit ihrem Blick das Dämmerlicht zu durchforschen, um in meinen Zügen zu lesen.

»Rézi –«, das Sprechen kostet mich Mühe, »bitte – lassen wir all das heute ruhen, ja? Lassen wir eine Nacht vergehen, den Morgen kommen, diesen Morgen, der so vieles in anderem Licht erscheinen läßt! Ich bin nicht böse, Rézi – ich wäre auch gestern gekommen, hätte gelacht oder gescholten, wenn ich Sie weniger liebte –«

Ihr hübsches Kinn, von senkrechter Kerbe fast unmerklich geteilt, reckt sich mir entgegen, mit der jähen Bewegung eines lauernden Tiers.

»Lassen Sie mich denken, Rézi, zur Besinnung kommen, ohne mich mit Ihrem ganzen Wesen einzuhüllen, ohne ein solches Netz von Blicken, hartnäckigen Gedanken und ungreifbaren Gebärden über mich zu werfen, die sich nähern, ohne zu berühren ... Setzen Sie sich hierher, nahe zu mir – legen Sie den Kopf auf meinen Schoß – aber kein Wort – keine Bewegung – wenn Sie sich rühren, gehe ich ...«

Seufzend tut sie, wie ihr geheißen, bettet das Haupt auf meine Knie und umfaßt meine Taille. Meine Finger – ich vermag ihr Zittern kaum zu meistern – legen ihr Haar in goldene Ringe, deren Glanz allein den Raum erhellt ... Sie bewegt sich nicht. Doch Duft entsteigt ihrem Nacken, den fiebrigen Wangen entströmt Hitze, an meinen Knien fühle ich die Form ihrer Brüste ... Oh! Keine Bewegung! Wenn sie mein Gesicht sähe, den Aufruhr meines ganzen Seins ...

Aber sie wagte keine Bewegung, und noch einmal, noch ein einziges Mal konnte ich sie verlassen, ohne daß es ihr gelungen wäre, mir das Geständnis einer Leidenschaft zu entreißen, die der ihren so ähnlich ist ...

Die kalte, frische Abendluft beruhigte, so gut es ging, das Toben meiner erregten Sinne. Doch halt – sind nicht dies die Augenblicke, da man berechtigter Selbstachtung Trost und Stärkung abgewinnt? Ja? Nun, meine Selbstachtung ist zwar noch intakt, aber gerade das läßt mich an meinem Verstand zweifeln. Ich komme mir vor wie eine Gans.

Jour bei Renaud. »Nein, wie liebenswürdig Renauds kleine Frau auf einmal wird! Ihre Umfangsformen bessern sich zusehends!« So ähnlich dürften nachher wohl die Stiegenhausgespräche der staunenden Habitués gelautet haben.

Nun, ihr guten Leute, ich muß euch enttäuschen: von Besserung keine Spur. Ich suche Zerstreuung, das ist alles. Nicht euch gilt diese prickelnde Liebenswürdigkeit, diese Fahrigkeit tassenzerschmetternder Hände! Nicht Ihnen dieser lächelnde Diensteifer einer jungen Hebe, betagter Freund griechischer Dichter und russischer Schnäpse! Nicht Ihnen, selbstgefälliger, sozialistisch angehauchter Romancier, das Lächeln über Ihren Vorschlag, ins Haus zu kommen wie die Maniküre, um mir Pierre Leroux vorzulesen; nicht Ihnen, spanischer Bildhauer, die ernste Miene, mit der ich Ihren leidenschaftlichen hispano-französischen Schmähungen zeitgenössischer Kunst lauschte. Meine gespannte Aufmerksamkeit nahm nicht nur Ihre ästhetischen Axiome zur Kenntnis (»Alle Leute mit Talent sein tot die letzte zweihundert Jahr«), sondern auch Rézi, eine Rézi in weißem, eng anliegendem Tuchkleid (ihr Crêpe-de-Chine-Schlafrock hat dieselbe Farbe ...), die laut und ausgelassen lachte. Verzweifelten Sie nicht an meiner Bekehrung, spanischer Bildhauer, als ich sagte: »Ich habe die Rubens-Bilder gesehen. Na, und? Ein Dreck!« Wie unzulänglich dünkte Sie doch das Wort »Schwein«, wie sehnlich wünschten Sie meinen Tod!

Dessen ungeachtet lebe ich weiter, in beklemmender Hellsichtigkeit. Die Gewalt meiner Anziehungskraft für Rézi, das Gefühl, mich lächerlich zu machen, die Eitelkeit meines Widerstands – alles drängt mich, ein Ende zu machen, ihren Zauber auszuschöpfen, bis er versiegt. Dennoch kämpfe ich, widerstrebe, leiste aktive und passive Resistenz – o trauriges Wortspiel! Ich verharre in meiner Halsstarrigkeit, eigensinnig, bockbeinig, und verachte mich selbst.

Wiederum hat sie der schwatzende Schwall fortgetragen, Männer, die unsere Wohnung als Freistatt des Saufens und Rauchens zu betrachten scheinen, Damen, erhitzt, ja, fast ein wenig berauscht von der Glut überhitzter Öfen und beharrlicher Herren; wiederum ließ ich sie gehen, vom wachsamen Gatten dicht gefolgt, ohne ihr zugeraunt zu haben: »Ich liebe dich! Auf morgen ...« Ja, sie ging, die Böse, stolz und selbstsicher, drohend und verliebt, als sei sie meiner gewiß, meiner besseren Einsicht spottend ...

Endlich allein! Wir sehen einander an, müde und abgestumpft, zwei Sieger auf dem Schlachtfeld. Renaud dehnt sich, öffnet ein Fenster und stützt sich auf das Fensterbrett. Ich trete neben ihn. Es verlangt mich danach, den erfrischenden Abendnebel zu trinken, den reinen, vom labenden Hauch des eben versiegten Platzregens durchwehten Wind. Sogleich umschlingt mich ein starker, vertrauter Arm, gibt mir das Gefühl wohliger Geborgenheit und weist meinen Gedanken, die irrlichtgleich durcheinanderspuken oder dahinsegeln wie Wolkenfetzen, düster und grau, eine neue, freundlichere Richtung.

Oh, wäre dieser Renaud, der mich um Haupteslänge überragt, noch kräftiger, noch größer! Wäre er ein Riese, in dessen Ärmel ich Zuflucht suchen könnte ... Wie gern säße ich in der Beuge seines Arms, als wohlgeborgene Tochter oder Gattin, wie gern ließe ich mich, gemütlich im Schatten seines Ohres kauernd, über Wege und Stege, Wälder und Felder tragen, während seine Haare im Sturm ächzen würden wie windgepeitschte Föhren ...

Renaud – der wirkliche! – macht eine Bewegung. Verscheucht, verängstigt flieht mein Märchen ...

»Claudine«, fragt seine Stimme, voll und samten wie sein Blick, »zwischen euch scheint ja alles wieder in bester Ordnung?«

»In bester Ordnung ... ja und nein. Ich lasse mich bitten ...«

»Schon recht, schon recht!« trällert er, zu mir gewendet. »Ist sie noch immer verrückt nach dir?«

»Ja. Aber ich lasse sie schmachten ... nach ... nach meiner Verzeihung. ›Je größer der Schmerz‹ ...«

»Desto größer die Freude«, singt Renaud mit wohllautendem Bariton. Kein Zweifel, er hat heute seinen musikalischen Tag. »Sie war sehr hübsch vorhin, deine Freundin.«

»Ich habe sie noch nie anders gesehen.«

»Stimmt. Hat sie ein nettes Becken?«

Ich fahre in die Höhe.

»Ein nettes Becken? Woher soll ich das wissen? Glauben Sie, sie empfängt mich in der Badewanne?«

»Gott, ja, das hatte ich eigentlich gedacht.«

Ich zucke die Achseln.

»Renaud, solche Fallen sind Ihrer unwürdig! So viel Loyalität, so viel Liebe können Sie mir wohl zutrauen, um nicht daran zu zweifeln, daß ich – sollte es wirklich dazu kommen – klipp und klar gestehen werde, Rézi weiter gefolgt zu sein, als ich erwartet hätte ...«

Sein Arm, der noch immer meine Schulter umschlingt, dreht mich sachte zum Licht: »Das heißt also, Claudine ... das heißt ...«

Ich durchforsche das Gesicht, das mir aufmerksam zugeneigt ist, und vermag nichts herauszulesen als liebevolle Neugier. Kein Schimmer von Beunruhigung!

»... daß du ihn näherrücken siehst, den Schicksalstag?«

»Das will ich nicht sagen«, erwidere ich abgewandten Blicks. »Zumindest nicht heute.«

Ich weiche aus, entschlüpfe, zitternd und unstet wie jene rostbraunen flirrenden Falter, deren winzige, phosphoreszierend blaue Augen nachts von Sternblumen und Rosenlorbeerbüschen herableuchten. Fängt man einen, so erstickt und erstirbt der samtene Körper in der hohlen Hand, und man zögert lange, ehe man den kleinen Born wehmütiger Wärme den Fingern entgleiten läßt ...

Heute abend bin ich nicht mehr mein eigen. Wohl werde ich, wenn mein Gatte will – und er wird wollen –, jene Claudine sein, die ihn stets aufs neue erregt und erschreckt, sich der Liebe entgegenwirft, als sei es das letztemal, um sich dann, zitternd und entkräftet, an seinen Arm zu klammern, schutzsuchend vor selbstbereiteten Gefahren ...

»Renaud, halten Sie Rézi für lasterhaft?«

Es mag zwei Uhr morgens sein. An Renauds Flanke gedrückt, ruhe ich, von tiefer Nacht umgeben. Er ist seiner Sinne noch nicht mächtig, berauscht, bereit, mich aufs neue in den Strudel hinabzureißen, der mich eben erst freigab. Mein Kopf liegt auf seiner Brust, an meiner Wange hastet sein Herz, unstet und fieberhaft. Langsam gewinne ich das Bewußtsein zurück, zerbrochen und zermalmt, genieße das mähliche Gesunden, das sachte Auftauchen aus glühenden Minuten ... doch mit der Klarheit kehrt auch mein ständiger Begleiter wieder ... der Gedanke an Rézi. Ob sie nun, mit ausgestreckten Armen, weiß und endlos in engem, fließendem Gewand, mein Dunkel erhellt, das mir die Müdigkeit mit tausend tanzenden Farbkreisen durchflimmert, ob sie an ihrem Putztisch sitzt, mit hocherhobenen Armen und abgewandtem Gesicht, mir einen Nacken zu zeigen, dessen Weiße bruchlos in das blasse Gold des schimmernden Haaransatzes übergeht, immer, überall verfolgt mich Rézis Bild. Nun, da ich sie nicht vor Augen habe, bin ich ihrer Liebe nicht länger gewiß. Mein Vertrauen zu ihr erlischt mit dem Gefühl quälender Erregung, das ich in ihrer Gegenwart empfinde ...

»Halten Sie sie für lasterhaft, Renaud?«

»Ich habe dir schon gesagt, mein närrisches kleines Mädchen, daß Madame Lambrook meines Wissens keine Liebhaber hat –«

»Das meine ich nicht. Liebhaber zu haben bedeutet noch lange nicht, lasterhaft zu sein.«

»Ah? Das ist ja interessant! Was verstehst du unter ›Laster‹, wenn ich fragen darf? Homosexualität?«

»Ja und nein. Das hängt davon ab, wie man sie betreibt. Aber das meine ich nicht.«

»Ich sehe deiner Definition mit Spannung entgegen und zweifle nicht daran, daß sie sich durch Originalität auszeichnen wird!«

»Da muß ich Sie leider enttäuschen! Die Sache ist ganz alltäglich, ganz gemeinverständlich. Gesetzt den Fall, ich nehme einen Liebhaber –«

»Ich protestiere –«

»Gesetzt den Fall, sage ich –«

»Ein Fall, der dir gleich eine Tracht Prügel eintragen wird –«

»– ich nehme einen Liebhaber, ohne Liebe, lediglich weil ich weiß, daß es von Übel ist; das finde ich lasterhaft. Wenn ich aber einen Liebhaber nehme –«

»Das macht zwei –«

»– weil ich ihn liebe, oder vielleicht nur, weil ich ihn begehre – so halten Sie doch still, Renaud –, so handle ich in gutem Glauben und betrachte mich als anständigstes Wesen unter der Sonne. Zusammenfassend möchte ich daher sagen: Unter Laster verstehe ich das freudlos verübte Böse.«

»Vielleicht reden wir von etwas anderem, ja? Diese ganzen Liebhaber, die du dir da zugelegt hast ... ich muß dich reinigen ...«

»Meinetwegen ...«

Aber dennoch: hätte ich »Freundin« gesagt statt »Liebhaber«, wäre meinem Gatten diese kleine Überlegung recht annehmbar erschienen. Für Renaud ist der Ehebruch eine Frage des Geschlechts.

Ich kenne mich nicht aus. Wo ist die bleiche, leidenschaftliche Freundin geblieben, die mich bebend beschwor, mit tränennassen Wangen ... Die jetzige Rézi ist ganz Vorsicht, ganz Behutsamkeit, wiewohl mir zuweilen scheinen will, als sei ihr offensichtliches Bestreben, mein Mißtrauen einzuschläfern, nicht frei von List und Berechnung ...

Ein Blick, ein einziger feiner Blick gefährlicher Schelmerei, zärtlicher Herausforderung genügte, mir das Rätsel zu lösen. Ich weiß, daß ich sie ... liebe – noch nie empfand ich die Plumpheit dieses unabstufbaren Wortes so schmerzlich –, sie hat entdeckt, in welche Verwirrung ich gerate, sobald ich mit ihr allein bin. Wie, weiß ich nicht. Vielleicht bei einem der kurzen Begrüßungs- und Abschiedsküsse (sie plötzlich nicht mehr zu küssen, wage ich nicht), da ich ihr Erschauern mehr als einmal im eigenen Körper verzittern fühlte ... Nun ist sie ihrer Sache gewiß und wartet. Zugegeben, die Taktik ist weder neu noch originell, die Falle plump, alt wie die Liebe selbst. Dennoch zittere ich davor, offenen Auges hineinzustolpern. O berechnende Rézi, zuversichtlich und wissend: deiner Begierde vermochte ich zu trotzen. Aber der meinen?

»Der Rausch, zu lieben, zu begehren, zu vergessen, was man einst liebte, neu zu begehren, neu zu lieben, jünger zu werden in gleichem Maße, als das Gefühl erstarkt – ist das nicht der Sinn des Lebens?«

Nein, nicht Rézi spricht so, noch ich – sondern Marcel! Eine neue Leidenschaft gibt seiner matten Schönheit frischen Glanz, läßt ihn auf die blumigsten Redewendungen verfallen und sein irregeleitetes Gefühlsleben zuweilen wahrer Seelengröße ähneln.

In einen tiefen Lehnstuhl geschmiegt, sitzt er mir gegenüber, mit niedergeschlagenen Augen und zusammengepreßten Knien, spricht wie ein Mensch im Fieber und streicht dabei über seine dunklen, durch einen Kreidestrich verlängerten Brauen, mit der krampfhaften Häufigkeit, die das Gebärdenspiel Irrer kennzeichnet.

Er liebt mich nicht sonderlich, das ist mir bekannt. Dennoch bin ich seine Vertraute – vielleicht, weil ich ihn um seiner eigenartigen Liebschaften willen nie verhöhne.

Heute lausche ich ernsthafter denn sonst, nicht ohne eine gewisse Verwirrung.

»Der Rausch, zu lieben, zu begehren, zu vergessen, was man liebte –«

»Warum vergessen, Marcel?«

Er schiebt den Unterkiefer vor, suchend, unschlüssig.

»Warum? Ich weiß nicht. Ich vergesse ganz von selbst. Vor dem Heute wird das Gestern blaß und nebelhaft.«

»Ich beschlösse das Gestern und seine getrockneten Blumen lieber im duftenden Schrein meiner Erinnerung«, erwidere ich und merke zu meinem Erstaunen, daß ich fast unwissentlich in die geschraubte, metaphergespickte Redeweise meines Stiefsohns verfallen bin.

Marcel winkt ab.

»Das sei Ihnen unbenommen. Aber erzählen Sie mir lieber von Ihrem Heute und dessen sinnlich-wienerischem Charme.«

Ich runzle die Brauen, senke drohend das Haupt und frage scharf:

»Klatschgeschichten? Schon?«

»Nein. Sechster Sinn. Sie wissen ja – Übung ...! Aber eins muß ich sagen: Sie haben eine Vorliebe für Blondinen!«

»Von wannen die Mehrzahl?«

»Ach, tun Sie nicht so! Im Augenblick ist Rézi zwar die große Mode, aber ich erinnere mich einer Zeit, da ich Ihnen durchaus nicht mißfiel!«

Diese Frechheit! Doch er irrt. Seine Koketterie geht mit ihm durch. Vor einem Jahr hätte ich ihn geohrfeigt. Heute weiß ich nicht mehr, ob ich besser bin als er. Gleichviel! Ich neige mich nahe zu ihm, hefte den Blick forschend auf seine schlaffen Lider, seine zarten Schläfen, deren spätere Runzeln und Falten man jetzt schon vorausahnen kann, und erkläre nach eingehender Betrachtung, nicht ohne giftiges Vergnügen:

»Sie, Marcel, werden mit dreißig aussehen wie ein altes Weib!«

Er hat's gemerkt! Man merkt es also? Zwar gehe ich nicht fehl, wenn ich Marcel auf diesem Gebiet einen besonders stark entwickelten Spezial-Instinkt zuerkenne – aber das vermag mich nicht zu beruhigen. Und eine leidenschaftliche, fatalistische Stimme raunt mir zu: »Wenn es schon danach aussieht – dann wenigstens mit Recht!«

Doch das ist leicht gesagt. Rézi macht mir zwar weiterhin den Hof, umstrickt mich mit ihrer Anmut, ihren Blicken, ihrer bloßen Gegenwart, verhält sich aber völlig passiv. Sie schärft ihre Schönheit vor meinen Augen wie eine tödliche Waffe, höhnt mich mit ihrer Anmut und legt bei all diesen Spielen eine lausbübische Kühnheit an den Tag, deren Loyalität ich anerkennen muß.

»Was sagen Sie zu meinem neuen Lack, Claudine?« Sie zeigt ihre Fingernägel: »Sehen Sie nicht aus wie Spiegelchen?«

Der schlanke Fuß entfährt dem Pantoffel, keck und bloß – an den weißen Zehen schimmert das köstlich-künstliche Rosa der schöngeformten Nägel –, und verschwindet gerade in dem Augenblick, da ich ihn vielleicht ergriffen und geküßt hätte.

Oder die Versuchung des Haars: lässig betraut mich Rézi mit der Aufgabe, sie zu frisieren. Ich mache meine Sache ausgezeichnet, besonders zu Beginn, glätte den duftigen Goldstoff, der sich an mein Kleid heftet, schimmernd und elektrizitätsgeladen, strähle ihn mit dem Schildpattkamm, daß er knistert wie brennendes Heidekraut, und lasse die gelöste Garbe feig im Stich, benommen und berauscht von ihrem Zauberduft. Dann ist Rézi ungeduldig – oder gibt vor, es zu sein.

Galadiner bei Lambrooks. Fünfzehn Personen, samt und sonders mit der anstrengenden Zerlegung eines Hummers à l'américaine beschäftigt. Benützte die Unbesonnene nicht diese Gelegenheit, mir in aller Öffentlichkeit einen Kuß zuzulächeln, einen stummen, vollkommenen Kuß ... geschlossene, dann halbgeöffnete Lippen ... herrischer, dann verschleierter Blick aus graugrünen Augen ...

Ich zitterte, daß man sie sehen könnte – mehr aber, sie gesehen zu haben.

Zuweilen gerät sie bei diesem aufreibenden Spiel selbst in Verlegenheit, wie heute morgen, zum Beispiel:

Nur mit Korsett und wogendem Unterrock bekleidet, drehte und wendete sie sich vor dem Spiegel, eifrig bemüht, die Bewegungen jener pseudospanischen Montmartre-Tänzerinnen nachzuahmen, deren geschmeidiger Nacken das Kreuz zu berühren vermag.

»Können Sie das, Claudine?«

»Ja. Und besser als Sie.«

»Das bezweifle ich nicht, Liebste. Sie sind biegsam und hart wie eine Damaszener Klinge ... Oh!«

»Was haben Sie?«

»Kann's jetzt schon Mücken geben? Bitte, bitte, sehen

Sie nach! Meine arme weiße Haut ... Und dabei wollte ich mich dekolletieren!«

Sie verrenkt den Hals, auf der Suche nach einem (imaginären?) Mückenstich. Ich trete näher.

»Da ... da ... gerade über dem Schulterblatt ... höher, ja ... Etwas hat mich gestochen ... Was sehen Sie?«

Was ich sehe? Einen vollendet schönen Schulterbogen, Rézis Profil, ängstlich-besorgt, eine junge, entblößte Brust, deren auseinanderstehende Rundung gut auf einen der vorwitzigen, frivolen Kupferstiche des vorigen Jahrhunderts passen würde – all das sehe ich aus nächster Nähe – ich brauche nur die Hand auszustrecken – abgestumpft und stumm, fühllos für den verzehrenden Blick, den meine Freundin auf mich heftet. Endlich erreicht mich sein stummes Rufen; ich sehe sie an, wende mich aber sogleich wieder der einzigartigen Weiße dieser makellosen Haut zu, deren schimmernde Glätte nur an den Brustspitzen in Rosa übergeht, dasselbe künstlich-helle Rosa, das von ihren Zehennägeln leuchtet ...

Sieghaft sieht sie meinen Blick abirren: nun aber, da er sein Ziel gefunden hat, durchdringend und unbeirrt, gerät sie außer Fassung, ihre Wimpern schlagen wie Wespenflügel, die unsteten Augen erblauen, und sie murmelt, nicht minder verwirrt als ich: »Genug ... danke ...«

»Danke ...« Dieses gehauchte Wort, das der Wollust Kinderei gesellt, beschleunigt meinen Untergang mehr als die zärtlichste Liebkosung.

»Wieso kommst du erst jetzt, kleines Mädchen? Ausgerechnet heute, wo wir endlich einmal allein sind! Komm schnell, du bist sehr hübsch, geh nicht erst in dein Zimmer, unter dem Vorwand, dich kämmen zu müssen ... sonst haben wir um Mitternacht noch nicht gegessen ... Vorwärts, setz dich, mein schönes Kind! Ich habe deine Leibspeise bestellt, die miserablen Eierfrüchte mit Parmesan, die dich unbegreiflicherweise so sehr begeistern ...«

»Ja.«

Ich höre, verstehe aber nicht. Renaud nimmt mir den Hut ab. Ich presse die Fäuste an die glühenden Wangen und lasse mich in den Ledersessel fallen, meinem Gatten gegenüber, im warmen, gedämpften Licht der Tischlampe.

»Keine Suppe?«

Ich rümpfe die Nase.

»Dann unterhalt mich bis zum nächsten Gang ... Woher kommst du denn, mit dieser schlafwandlerischen Miene und den mühlradgroßen Augen? Von Rézi, natürlich!«

»Ja ...«

»Nicht wahr, Claudine – ich bin kein allzu eifersüchtiger Gatte?«

O Gott! Nicht eifersüchtig genug! Das sollte ich eigentlich erwidern, aber mir fehlt der Mut. Aus dem dunklen, vom lichten Schnurrbart erhellten Gesicht, das ein weiches Lächeln sänftigt und verschönt, leuchtet mir so viel väterliche Zärtlichkeit entgegen, daß ich den Vorwurf nicht auszusprechen vermag, der mir auf der Zunge schwebt.

Meine rastlosen Hände zu beschäftigen, breche ich Brot zu Goldkrumen; doch kaum führe ich sie zum Mund, versagt meine Hand. Der Duft, der ihr anhaftet, läßt mich erbleichen.

»Bist du krank, Kleines?« fragt Renaud, zärtlich besorgt, und wirft schon die Serviette auf den Tisch ...

»Nein, nein! Nur müde ... und durstig ... sehr durstig ...«

Er läutet und verlangt den prickelnden Wein, den ich liebe, jenen Asti, den ich niemals trinke, ohne zu lächeln ...

Doch heute bin ich berauscht, noch ehe ich das Glas an die Lippen führe ...

Ja, ja, ja! Ich war bei Rézi, ich komme von ihr. Am liebsten würde ich mich dehnen und strecken, bis die Arme aus den Gelenken sprängen, den schmerzhaften Druck zu lindern, der meinen Nacken steift.

Wie täglich, ging ich um fünf zu ihr. Zu dieser Stunde erwartet sie mich unweigerlich, erscheine ich unfehlbar, in täglich neuem, stummem Einverständnis.

Ich gehe zu Fuß, eiligen Schritts, sehe die Tage länger werden, den sauberen, vom launenhaften Märzregen gewaschenen Gehsteig, die kleinen, mit Primeln aus Nizza beladenen Blumenkarren, deren fürwitziger Frühlingshauch die Luft durchzieht, berauschend und frivol.

Auf diesem kurzen Weg verfolge ich jetzt die wechselnde Zeit, ich, dieselbe Claudine, die dem ersten grünen Tisch entgegenfieberte, dem Licht der weißen, blaugeäderten Anemonen, der pelzigen, honigduftenden Palmkätzchen. Du bist gefangen, Tier des Waldes, und deine Falle ist dir teuer.

Heute wie täglich erwartet mich Rézi in ihrem weiß-grünen Zimmer (crèmefarbenes Bett, tiefe Fauteuils – spätes Louis XV –, deren mandelfarbene Damastbespannung weiße Bouquets und kleine Maschen zieren). Die sanfte Tönung des Raums läßt Haar und Teint meiner Freundin besonders hell erstrahlen.

Heute jedoch ... »Wie dunkel, Rézi! Und kein Licht im Vorzimmer! Sprechen Sie, damit ich Sie wenigstens höre!«

»Ja, lustig, nicht wahr?« Ihre Stimme, leise und schmollend, kommt aus einem jener tiefen, zweideutigen Sessel, die für zwei Personen zu schmal, für eine zu breit sind ...

»Stromstörung! Angeblich ist vor morgen früh an Reparatur nicht zu denken! Das Stubenmädchen wollte schon Kerzen in meine Toilettenflakons stecken ...«

»Nun ... Das wäre doch gar nicht so übel?!«

»Besten Dank! Sie ergreifen immer Partei gegen mich! Kerzen! Wie in einer Aufbahrungshalle! Und statt mich zu trösten, Liebste, lachen Sie sich eins, ich höre es ganz deutlich! Kommen Sie zu mir in den großen Fauteuil, Claudine, Liebste ...«

Ohne zu zögern, setze ich mich neben sie, schlinge den Arm um ihre Mitte, fühle ihren warmen Körper durch das weite, fließende Gewand. Ihr Duft steigt mir entgegen ...

»Sie gleichen der Tabakblüte, Rézi, die ihren Wohlgeruch erst bei Nacht verströmt ... Kaum wird es dunkel, atmet man nichts anderes mehr ... Ihr Duft beschämt die Rosen ...«

»Wirklich? Ich dufte erst im Dunkeln?«

Ihr Kopf sinkt auf meine Schulter; ich halte ihre lebendige Wärme, halte sie wie einen gefangenen Vogel, höre mich mit fremder, tonloser Stimme fragen:

»Wo ist Ihr Mann? Wird er plötzlich aus dem Dunkel tauchen wie ein anglo-indischer Satan?«

»Nein«, erwidert sie kaum hörbar. »Er führt Landsleute spazieren.«

»Inder?«

»Engländer.«

Wir wissen kaum, was wir sagen. Nacht hüllt uns ein. Ich wage weder den Griff meiner Arme zu lockern, noch will ich es.

»Ich liebe Sie, Claudine –«

»Warum es aussprechen ...«

»Warum es verschweigen? Um Ihretwillen verzichte ich auf alles, selbst auf flüchtige Liebschaften, diesen einzigen Trost meines jämmerlichen Daseins ... Bin ich nicht, Ihnen zu Gefallen, passiv bis zur Selbstaufgabe, fügsam unter Qualen ...«

»Unter Qualen ... oh, Rézi ...«

»Ich übertreibe nicht. Ohne Hoffnung lieben und begehren, ist qualvoll. Das wissen Sie.«

(Ja, ich weiß es ... und wie gut! Ist's nicht diese sinnlose Pein, an der ich mich weide?)

Mit fast unmerklicher Bewegung hat sie sich mir genähert, schmiegt sich eng an mich, von Knie bis Schulter. Ich habe ihr Näherkommen kaum gefühlt. Es ist, als hätte sie sich in ihrem Kleid gedreht.

»Sprechen Sie nicht weiter, Rézi ... Meine Glieder sind schwer von Müdigkeit und Behagen ... Ich kann mich kaum rühren ... Zwingen Sie mich nicht, aufzustehen ... Denken Sie, es sei Nacht ... Vielleicht reisen wir ... Fühlen Sie den Wind in Ihrem Haar ...? Neigen Sie sich ... dieser Zweig könnte Ihre Stirn besprengen ... Drücken Sie sich an mich, Achtung ... in den tiefen Furchen steht das Wasser, spritzt hoch auf ...«

Ihr geschmeidiger Körper folgt meinem Spiel mit verräterischer Willfährigkeit, und ihr Haupt, das noch immer an meiner Schulter ruht, liebkost mich mit weichen, duftenden Flechten. Sie streifen mein Gesicht wie die Zweige, die mein unruhvoller, nach Zerstreuung suchender Geist erfand ...

»Ich fahre«, murmelt sie.

»Ja ... aber kommen wir ans Ziel?«

Ihre kleinen kraftvollen Hände ergreifen meine freie Linke und drücken sie:

»Ja, Claudine ...«

»Wohin?«

»Neigen Sie sich zu mir ... ich will es Ihnen sagen, ganz leise ...«

Ich gehorche – oh, wie vertrauensselig – und finde ihren Mund.

Ich lausche ihm, lausche ihm lange, lange Zeit ... sie hat

nicht gelogen, wir sind am Ziel. Meine Hast gleicht der ihren, zwingt und besiegt sie. Meines innersten Wesens plötzlich gewahr, entwinde ich mich Rézis zärtlichen Händen. Sie versteht, bebt, kämpft einen kurzen Augenblick und verharrt regungslos, mit herabhängenden Armen ...

Ein Haustor fällt ins Schloß. Das dumpfe Geräusch läßt mich auffahren. Kaum erkenne ich Rézi, die vor mir sitzt – ein nebelhafter weißer Fleck –, die heißen Lippen an mein Handgelenk gedrückt. Ich schlinge den Arm um ihre Mitte, richte sie auf, presse sie an mich, neige und beuge sie, küsse ihre Augen, ihr wirres Haar, ihren feuchten Nacken ...

»Morgen ...«

»Morgen ... ich liebe dich ...«

... Ich entfliehe; es saust in meinen Ohren. Noch glauben meine Finger die störende Rauheit der Klöppelspitzen, die Glätte eines gelösten Bands zu spüren, noch fühlen sie die samtene Weichheit einer Haut, die auf der ganzen Welt nicht ihresgleichen hat. Die kalte Abendluft tut weh: sie zerreißt den Duftschleier, mit dem Rézi mich einhüllte ...

»Claudine, wenn dich selbst Melanzani mit Parmesan gleichgültig finden, weiß ich, woran ich mich zu halten habe ...«

Ich fahre auf, komme zurück, von weit, weit her. Renaud hat recht. Ich esse nichts. Aber ich bin so durstig.

»Willst du mir wirklich nichts sagen, Liebste?«

Dieser Mann ist einzig in seiner Art! Seine Beharrlichkeit quält mich.

»Renaud ... seien Sie nicht lästig ... ich bin müde, nervös, verlegen ... Lassen Sie die Nacht vorübergehen und bilden Sie sich nicht weiß Gott was alles sein ...«

Er schweigt. Sein Blick jedoch wendet sich kaum vom

Zifferblatt der Pendeluhr, und er erhebt sich Punkt halb elf unter dem fadenscheinigen Vorwand ebenso plötzlichen wie unglaubwürdigen Schlafbedürfnisses. Wir liegen in unserem geräumigen Bett, und schon sucht er in meinen Haaren, auf meinen Händen und meinem Mund die Wahrheit, die ich ihm verschweige ...

»Morgen!« flehte Rézi.

»Morgen ...«, gewährte ich. O Gott: dieses Morgen will nicht kommen. Am frühen Nachmittag schon lief ich zu ihr, eines längeren, bewußteren Glücks bewußt. Es sollte mir Rézi im Tageslicht zeigen, eine bezaubernde, besiegte Rézi.

Ich hatte die Rechnung ohne ihren Mann gemacht. Zweimal störte uns dieser Elende, zweimal ließ sein jäher Eintritt unsere gierigen, ängstlichen Hände auseinanderfahren, zweimal blickten wir uns an, sie den Tränen nahe, ich so wütend, daß ich beim drittenmal meine ganze Energie aufbieten mußte, diesem höflich-steifen, argwöhnischen Mann nicht mein Orangeadeglas an den Kopf zu werfen ... Nein, dieses zitternde »Adieu!«, diese verstohlenen Küsse, diese heimlichen Berührungen bebender Finger genügen uns jetzt nicht mehr ...

Was tun?

Ratlos gehe ich nach Hause, schmiede unmögliche Pläne, verwerfe sie sogleich. Nichts. Keine Lösung.

Wieder gehe ich zu Rézi, ihr meine Ohnmacht zu gestehen, sie zu sehen, zu atmen.

Sie eilt mir entgegen, bebend, erwartungsvoll. Oh, ich weiß nur zu gut, wie ihr zumute ist.

»Nun, Liebste?«

»Nichts. Ich habe nichts gefunden. Sind Sie mir böse?«

Ihr Blick zeichnet den Bogen meines Mundes nach, zärtlich und liebkosend, ihre zitternden Lippen öffnen sich ... Die Gewalt des Verlangens, das aus ihren Zügen spricht, läßt mich erbeben. Soll ich sie hier packen, hier, in diesem nichtssagenden gutbürgerlichen Salon, und mit meinen Küssen ersticken?

Sie errät meine Gedanken, weicht einen Schritt zurück, zeigt auf die Türe und flüstert ein hastiges »Nein!«

»Wo denn, Rézi? Bei mir?«

»Wenn Sie wollen ...«

Ich lächle, um gleich darauf den Kopf zu schütteln. »Nein! Es läutet fortwährend ... Renaud kann jeden Augenblick hereinkommen ... Türen werden zugeschlagen ... Oh! Nein!«

Sie ringt die weißen Hände, in verzweifelter Ungeduld.

»Nie wieder, also? Nie wieder? Glauben Sie, ich kann einen Monat von der Erinnerung an gestern leben?« Und sie fügt hinzu, abgewandten Blicks: »Ich dürste nach Ihnen, Claudine ... Wenn Sie diesen Durst nicht stillen können, Tag für Tag, wäre es besser, Sie hätten niemals ...«

Zärtlich schmollend, läßt sie sich in den großen Fauteuil sinken – denselben! –, und wenn sie heute auch kein Hausgewand trägt (ein enges Wollkleid, blond wie ihr Haar, umspannt die zarten Glieder), so erkenne ich dennoch, deutlicher, als mir lieb ist, die sanften Rundungen der Hüften, die fliehende Linie der schlanken, von kaum fühlbarem Flaum übersilberten Beine ...

»Oh, Rézi!«

»Was?«

»Wenn wir im Wagen ...«

»Im Wagen! Gerüttel und Gerumpel, Gliederschmerzen, unliebsame Überraschungen – ein neugieriges Gesicht an den Scheiben – ein Pferd stürzt, ein diensteifriger Polizist reißt den Wagenschlag auf, der Kutscher klopft mit dem Peitschenstiel ans Fenster: ›Madame, die Straße ist gesperrt, sollen wir umkehren?‹ Nein, Claudine! Der Wagen ist keine Lösung!«

»Dann machen Sie einen besseren Vorschlag, Liebste!

Suchen Sie uns ein Nest! Bis jetzt haben Sie nur Einwände gefunden!«

Das blonde Haupt schnellt empor – nur an Schlangen, von vorwitziger Hand berührt, sah ich bisher eine ähnliche Jäheit der Bewegung –, und ihr Blick, von Vorwurf und Tränen schwer, trifft mich wie ein Pfeil.

»Das ist Ihre Liebe? Sie würden sich mehr Mühe geben, liebten Sie mich, wie ich Sie liebe!«

Ich zucke die Achseln.

»Sie sehen ja überall Hindernisse! Der bloße Gedanke an den Wagen lähmt Sie, Ihr Salon ist voll ehelicher Fallstricke ... Sollen wir vielleicht die Samstagzeitung nach einem Stundenhotel absuchen?«

»Sofort«, seufzt sie treuherzig, »aber diese Lokalitäten werden von der Polizei überwacht, das ... hat man mir erzählt.«

»Die Polizei ist mir egal.«

»Ihnen schon, das glaub' ich gern ... Mit einem Mann wie dem Ihren ... Claudine«, unterbricht sie sich plötzlich mit veränderter Stimme, spricht langsam, überlegend: »Renaud ist der einzige, der uns helfen kann ...«

Ich sehe sie an, in sprachloser Betroffenheit.

»Ja, Claudine ... von ihm hängt alles ab! Von ihm und von Ihnen ...«

Sie streckt mir die Arme entgegen, lockt mit der ganzen Zärtlichkeit ihres hübschen, unerforschlichen Gesichts.

»Unsere Ruhe ... unser Glück ... nennen Sie's, wie Sie wollen, Liebste! Aber verstehen Sie, daß ich nicht länger warten kann, jetzt, da ich Ihre ganze Macht gefühlt habe, da ich Ihrer bin mit Haut und Haar, meiner ganzen Leidenschaft, meiner ganzen Angst!«

Ich gleite in ihre Arme, suche ihren Mund, bereit, mich mit den störenden Kleidern abzufinden, unser Glück durch Übereilung zu zerstören ...

Sie entringt sich meinen Händen. »Pssst! Draußen geht jemand ...«

Wie feige sie ist! Werden ihre weißen Wangen nicht noch bleicher? Sie lauscht vorgeneigten Haupts, mit schreckgeweiteten Pupillen ... Oh, daß doch diesem verdammten Lambrook der legendäre Ziegelstein auf den Kopf fiele!

»Rézi, meine Goldene, warum glauben Sie, daß Renaud ...«

»Oh! Weil er ein kluger Mann ist und Sie obendrein anbetet. Sie müßten ihm alles ... fast alles sagen, und ich bin sicher, daß uns seine zärtliche Geschicklichkeit eine sichere Zuflucht fände ...«

»Seine Eifersucht fürchten Sie nicht?«

»Nein ...«

Sieh da ... dieses wissende Lächeln ... Warum hemmt sie das blinde Vertrauen, das ihr aus meiner Begierde erwächst, mit einer einzigen zweideutigen Gebärde, einem winzigen Zucken der Mundwinkel? Wie ein Schatten gleitet das Mißtrauen über mich hinweg ... Doch was verlange ich denn? Gäbe sie mir nur ihre Sinnlichkeit, die zwiefache Süße ihrer Haut und ihrer Stimme, das Gold ihres Haars und die Fessel ihres Mundes – ich wäre überreich beschenkt. Wenn sich auch alles in mir aufbäumt – ich werde Renauds Hilfe erbitten (jetzt noch nicht, zuerst will ich mich selbst umsehen), werde die wilde Scheu niederzwingen, die mir den bloßen Gedanken daran verhaßt macht, werde auf den zärtlichen Stolz verzichten, den sicheren Hafen unserer Leidenschaft allein ausfindig zu machen ...

Szenen, Streit, wütende Tränen, zärtliche Versöhnungen, knisternde, spannungsgeladene Stunden, da die Berührung unserer Hände allein uns den Verstand zu rauben droht – das ist die Bilanz der vorigen Woche. Renaud weiß noch nichts – ich bringe es nicht über mich. Und Rézi grollt. Ich habe meinem geliebten Großen nicht einmal gestanden, daß unsere Liebe Formen annimmt, die sich nicht mehr beschreiben lassen ... Doch er weiß alles, ahnt es in großen Zügen, und diese Gewißheit äußert sich in einer fieberhaften Betriebsamkeit seltsamster Art: welch bizarre, kupplerische Liebe treibt ihn dazu, mich zu Rézi zu schicken, um ihretwillen auf meine Kleidung zu achten, mich zu schmücken, ihr zu gefallen? Wenn ich um vier Uhr mit ungeduldiger Gebärde das Buch weglege, hinter dem sich meine Erwartung verbarg, springt Renaud auf: »Du gehst zu ihr?« »Ja.« Dann lokkert er mein Haar mit geschickten Fingern, neigt sich mir zu, meine Seidenmasche neu zu knüpfen, prüft den Sitz meines steifen Krägelchens, tritt hinter mich, darauf zu achten, daß ich den Pelzturban so aufsetze, wie er mich am besten kleidet, hält meine Pelzjacke bereit und legt schließlich – er! – einen Strauß dunkelroter Rosen in meine verdutzten Hände, die Blumen, die meine Freundin liebt. Ich muß gestehen, mir wäre dieser Gedanke nie gekommen.

Zum Schluß ein langer, zärtlicher Kuß:

»Geh nur, mein kleines Mädchen! Mach keine Dummheiten! Sei stolz, sei nicht unterwürfig, laß dich begehren ...«

»Laß dich begehren ...« Man begehrt mich, begehrt mich nur zu sehr ... doch das ist, weiß Gott, kein Erfolg meiner Taktik!

Kommt Rézi zu mir, wächst meine wütende Erregung ins Ungemessene. Wie! Ich habe sie hier, in meinem Zimmer – unserem Zimmer, genauer gesagt, ich teile es ja mit Renaud –, brauchte nur den Schlüssel im Schloß zu drehen, und wir wären allein ... Doch ich will nicht. Ich fürchte das leise Klopfen des Stubenmädchens (eines schattenhaften

Wesens, das mit weichen Händen schlampig näht), ihre geheimnisvolle Stimme durch die verschlossene Tür: »Madames Bluse ... wegen die Ärmel ...«, scheue die Durchtriebenheit Ernests, dieses Kammerdieners mit dem Gesicht eines gestrauchelten Priesters. Diese Leute gehören nicht mir, sind mir feindlich gesinnt, ich bediene mich ihrer mit Maß und Widerwillen. Doch am meisten fürchte ich – wenn ich schon die Wahrheit sagen muß – die Neugier Renauds.

Und darum sehe ich tatenlos zu – wir sitzen in meinem Zimmer –, wie Rézi das ganze Knäuel ihrer Verführungskünste abspult, ihre ganze Palette vorwurfsvoller Mienen an mir versucht.

»Noch immer nichts gefunden, Claudine?«

»Nein.«

»Haben Sie mit Renaud gesprochen?«

»Nein.«

Sie schlägt die Augen nieder:

»Wie grausam ...«

Dieses kaum gehauchte Wort erschüttert meinen Starrsinn. Ich fühle mich weich werden; da ertönt vorsichtiges Klopfen, ich antworte mit einem »Herein«, das an Grobheit nichts zu wünschen übrigläßt, und Renaud tritt ein, gewandt und liebenswürdig.

Nein, ich habe nichts übrig für die bittende Anmut, deren sich Rézi ihm gegenüber befleißigt, noch für seine Art, das, was wir ihm verbergen, aus ihrem Kleid, ihrem Haar, ihrem ganzen Wesen schnuppern zu wollen, als könnte er an ihr die duftende Spur meiner Zärtlichkeiten entdecken ...

Auch heute, vor meinen Augen, küßt er ihre Hände, nur um nachher sagen zu können: »Seit wann haben Sie sich zu Claudines Parfum bekehrt, diesem süßen, dunklen Chypre?«

»Ich?« sagt sie unschuldsvoll, »Sie irren!«

»Ah? Ich dachte ...«

Sein Blick schweift zu mir, wissend und schmeichelnd. Meine ganze Seele bäumt sich auf ... Soll ich mich an seinen Schnurrbart hängen, bis er schreit und mich endlich prügelt? Nein. Ich halte mich zurück, bewahre die verkrampft-korrekte Ruhe des Ehemanns, der zusehen muß, wie man seine Frau bei unschuldigen Spielchen küßt. Außerdem wendet er sich zum Gehen, mit der beleidigt-diskreten Miene eines Chambre-séparée-Kellners. Ich halte ihn zurück:

»Bleiben Sie doch, Renaud ...«

»Kommt nicht in Frage ...«

»Warum?«

»Weil ich den Wert eines Tête-à-têtes mit dir, mein kleiner Hirt, nur allzugut kenne ...«

Eine gemeine Furcht gießt ihr Gift durch meine Adern: wie, wenn sich Rézi, die wankelmütige Lügnerin, plötzlich in Renaud verliebte? Gerade heute ist er schön und verführerisch, mit kleinen Füßen und breiten Schultern, in einer langen, gutgeschnittenen Jacke, die ihm bestens steht ... Rézi! Da sitzt dieser Gegenstand meiner Qual, pelzumhüllt, blond wie der Hafer, ein vorwitziges Fliederhütchen auf dem Kopf ... Ich fühle Grausamkeit in mir erwachen, erkenne sie wohl: es ist dieselbe, die mich Luce einst kratzen und prügeln ließ ...

Rézi sieht mich schweigend an, legt all ihre Worte in ihren Blick ... Ich werde nachgeben ... gebe nach ...

»Renaud, Großer, gehen Sie vor dem Nachtmahl aus?«

»Nein, kleines Mädchen. Warum?«

»Ich würde gern mit Ihnen sprechen ... Sie um etwas bitten ...«

Rézi schnellt in die Höhe, in fröhlichem Ungestüm, rückt ihr Hütchen zurecht ... sie hat verstanden.

»Ich laufe ... nein, ich kann nicht bleiben ... Aber morgen sehen wir uns ausgiebig, nicht wahr, Claudine? Oh, Renaud! Wie sehr muß man Sie um dieses Kind beneiden!«

Sie geht, umflüstert von ihrem Kleid, zu Renauds fassungslosem Staunen.

»Ist sie verrückt geworden? Was habt ihr denn, ihr beiden?«

Er nimmt mich auf den Schoß. Vielleicht geht's jetzt besser ...

»Ja ... also ... Rézis Mann ist sehr lästig ...«

»Das glaub' ich! Besonders für sie!«

»Auch für mich!«

»Das sollte mich wundern. Hat er sich am Ende irgend etwas erlaubt?«

»Nein, nein ... Bleiben Sie ganz ruhig, halten Sie mich fest ... Nur ... dieser elende Lambrook läßt uns keine Minute in Frieden ...«

»Ah ... Aha ...«

(Oh! Mein Gatte ist nicht schwer von Begriff, das weiß ich sehr gut!)

»Mein armes Verliebtes! Man plagt euch also, dich und deine Rézi? Was soll ich tun? Du weißt genau, dein alter Mann liebt dich viel zu sehr, als daß er dich um ein wenig Freude brächte ... Im übrigen ist sie reizend, deine blonde Freundin ... Und sie liebt dich so sehr ...«

»Glauben Sie wirklich?«

»Aber sicher! Und eure Schönheit ergänzt sich ... nicht fürchtet deine Bräune der Weiße hellen Schein ... was, wenn ich nicht irre, fast von Racine sein könnte ...«

Seine Arme zittern leicht ... Ich weiß, woran er denkt. Dennoch löst sich meine Verkrampfung beim Klang seiner Stimme, die so viel echte Zärtlichkeit verströmt ...

»Was willst du, geliebtes Vögelchen? Soll ich morgen nachmittag das Weite suchen?«

»Nein ... Oh, nein ...«

Und ich füge hinzu, nach verlegener Stille:

»Wenn wir ... woanders ...«

Er stellt mich zu Boden, erhebt sich schwungvoll und geht mit großen, jugendlichen Schritten auf und ab.

»Woanders ... laß mich nachdenken ... Nein, das ist nicht genug ... Ah! Ich weiß schon das Richtige ...«

Er kommt zu mir zurück, nimmt mich in die Arme, sucht meine Lippen. Doch ich wende mich ab, in kalter, steifer Verlegenheit.

»Meine Süße, du kriegst deine Rézi, Rézi bekommt ihre Claudine ... Kümmere dich um nichts ... ein, zwei Tage Geduld, das ist alles! Das ist doch nicht zuviel verlangt, oder? Komm, küß deinen Großen, der euer Liebesnest bewachen wird, taub und blind ...!«

Vorfreude, Gewißheit, strahlendes Glück der weißen, duftumspielten Rézi, Erleichterung, des bösen Geheimnisses ledig zu sein ... All das bewahrte mich nicht vor einem anderen, tieferen Schmerz: O Renaud, Geliebter, wie sehr hätte ich Sie geliebt um eines kurzen, grollenden Nein!

Nacht der Erwartung. Ich hatte gehofft, daß sie glücklich sein würde, durchpulst von süßer Erregung, seligen Wachträumen, die mir eine köstliche, goldbestäubte Rézi zeigen sollte ... Statt dessen gemahnt sie mich an eine andere Nacht, die letzte in meinem engen Jungmädchenzimmer in der Rue Jacob, die von jugendlicherer, kraftvollerer Erwartung erfüllt war ... Nun, ähnlich wie ich heute, mag Renaud vor zwei Jahren gefühlt haben ... Und wenn Rézi enttäuscht wäre? Wenn sie mich nicht schön genug fände? Feurig genug ja, dessen bin ich sicher ... O ja ... Der langen Schlaflosigkeit müde, störe ich mit schmalem, kaltem Fuß meines Freundes leichten Schlummer, meinen aufgepeitschten Körper in seinen Arm zu schmiegen und endlich, endlich einzuschlafen.

Wilde Träume hetzen einander, verschlingen sich zu unentwirrbarem Wust. Zuweilen erscheint eine junge, geschmeidige Gestalt wie das Antlitz des Mondes unter vorübereilenden Wolkenfetzen ... Doch rufe ich »Rézi«, wendet sie sich und zeigt mir die sanfte, gewölbte Stirn, die samtenen Lider, den weichen, runden Mund der kleinen Hélène (rot wie Blut, weiß wie Schnee, schwarz wie Ebenholz ...). Was hat dieses kaum gesehene, fast vergessene Mädelchen in meinen Träumen zu suchen?

Renaud hat nicht zuviel versprochen. Laut, lebhaft und zärtlich erschien er gestern beim Nachtmahl, küßte mich und verkündete:

»Verständige Rézi! Die junge Hexe wasche sich für den morgigen Sabbat!«

»Morgen? Wo?«

»Ah! Das ist es eben! Rendezvous hier. Ich führe euch hin. Es ist nicht ratsam, daß man euch allein hinaufgehen sieht ...«

Dieses Arrangement dämpft meine Freude merklich. Kann er mir nicht die Adresse geben, den Schlüssel, die Freiheit ...

Rézi erscheint früher als gewöhnlich, rosig und erregt.

»Wollen Sie mit mir kommen?« frage ich mit gezwungener Fröhlichkeit. »Renaud hat uns ein ... ein ... buen retiro gefunden ...«

Ihre Augen tanzen, werden zu Gold.

»Ah ... er weiß also, daß ...«

»Was denn sonst? Wäre es anders möglich gewesen? Sie selbst haben doch vorgeschlagen, ihn einzuweihen, mit einer Hartnäckigkeit, für die ich Ihnen jetzt danken muß ...«

»Ja ... ja ...«

Ein zärtlich-verschlagener Blick ihrer grauen Augen sucht den meinen, plötzlich beunruhigt, während ihre Hand die durcheinandergeratenen Goldfäden des Nackens zu ordnen sucht, mit kreisender, wohl zwanzigmal begonnener Bewegung ...

»Ich habe Angst, daß Sie mich heute ... dafür nicht genügend lieben, Claudine ...«

Sie steht zu nahe vor mir. Ihr Atem erreicht mich. Das genügt: ich presse die Zähne zusammen, fühle, wie das Blut in meine Ohren steigt ...

»Ich liebe Sie immer genug ... und zu sehr ... und zum Wahnsinn, Rézi ... Und ich hätte gewünscht, daß niemand auf der ganzen Welt die Macht haben sollte, uns einen Nachmittag der Einsamkeit und der Hingabe zu gestatten oder zu verbieten ... Aber wenn ich hinter wohlversperrter Tür einen Augenblick lang glauben darf, daß Sie mir gehören, mir, der ersten, mir, der einzigen, so werde ich nichts bereuen ...«

Sie träumt beim Klang meiner Stimme, vielleicht ohne zuzuhören. Renaud tritt ein. Wir erzittern beide, und Rézis Selbstsicherheit schwindet. Doch Renaud beruhigt sie mit spitzbübisch-verschwörerischem Lächeln, zieht ein Schlüsselchen aus der Westentasche und sagt:

»Wem soll ich ihn geben?«

»Mir!« sage ich gebieterisch und strecke die Hand aus.

»Mir!« schmeichelt Rézi.

»Das muß ich mir gut überlegen«, trällert Renaud. »Zwei Mädchen und ein Schlüssel ... Was werden die wohl tun?«

Dieser Scherz à la Maugis, vor allem aber das durchdringende Gelächter Rézis, bringt mich an den Rand eines Wutausbruchs. Renaud erhebt sich. Ahnt er etwas?

»Kommt, Kinder: der Wagen wartet.«

Wir steigen ein. Renaud sitzt uns gegenüber, auf dem grausamen Klappsitz, und versucht kaum, seine prickelnde Anteilnahme an dieser Eskapade zu verbergen. Gleiten seine Blicke über Rézi, erbleicht seine Nase, und sein Schnurrbart zittert fast unmerklich. Meine Freundin kennt sich nicht aus, versucht, eine Unterhaltung in Gang zu bringen, verstummt und merkt fragenden Blicks meine düstere, wütende Ungeduld ...

Oh, ich halte es kaum mehr aus. Ich will endlich, endlich kosten, was mir das atemlose Flehen meiner Freundin in der Hitze der letzten Tage verhieß, will diese verhaßte Fahrt zu dritt endlich beendet sehen ...

Der Wagen bleibt stehen. Rue Goethe? So nahe unserem Heim? Ich hätte geschworen, seit einer halben Stunde zu fahren ... Nr. 59. Das Treppenhaus ist nicht übel. Stallungen im Hof. Zweiter Stock. Renaud öffnet eine wohlgeölte Türe. Schon im Vorzimmer schlägt uns die matte, schwere Luft stoffbespannter Räume entgegen.

Ich inspiziere den kleinen Salon, ohne übertriebene Sympathie. Die kluge Rézi hingegen (nein, ich will diese Bewegung nicht der Erfahrung zuschreiben!) läuft zum Fenster und besieht die Umgebung, ohne die weißen Tüllvorhänge zu heben. Offensichtlich befriedigt, gesellt sie sich zu mir, den winzigen Salon näher in Augenschein zu nehmen. Hier sammelte der pedantische Geschmack eines Liebhabers spanischen Louis-XIII-Stils vergoldete Skulpturen, schwere, reichverzierte Bilderrahmen, stickige Samtkissen, sterbende Erlöser, unbequeme Betstühle und eine riesige Glas-Sänfte, auf deren Seitenwänden ein goldgeschnitzter Herbst prangt, mit allem Drum und Dran, Äpfeln, Birnen und Trauben ... Diese lästerliche Frömmigkeit gefällt mir. Meine Züge heitern sich auf. Ein Durchgang, von einer gerafften Portiere halb verdeckt, gestattet einen Blick auf ein helles

Schlafzimmer mit Messingbett und einer hübschen geblümten Chaiselongue ...

Im großen und ganzen ist der erste Eindruck nicht übel.

»Reizend, Renaud«, erklärt Rézi. »Wer wohnt hier?«

»Sie, o Circe! Hier ist der Lichtschalter. Hier Tee, Zitrone, Sandwiches, dunkle Trauben ... hier mein Herz, das allen beiden schlägt ...«

Wie wohl fühlt er sich doch! Wie gern spielt er seine anrüchige Rolle! Seine geschickten Frauenhände rücken die Tassen zurecht, seine blauschwarzen Augen lächeln uns zu. Ich sehe, wie er Rézi eine Traube reicht, die sie kokett beknabbert. Doch warum staune ich über ihn? Hab' ich nicht längst verlernt, über mich selbst zu staunen?

Ich fühle sie an meinem Herzen, an meinem Körper. Ihre kühlen Knie berühren die meinen, die kleinen Nägel ihrer Zehen ritzen mich köstlich. Ihr zerdrücktes Hemd ist nur ein Stück Stoff. Mein gebeugter Arm trägt ihren kostbaren Nacken, ihr Gesicht badet im Meer ihres Haars. Es dämmert. Rézi spricht, und von Zeit zu Zeit gleitet ein Lichtschimmer über ihre weißen Zähne, hell und flink wie ein Silberfisch. Sie redet im fröhlichen Fieber, den nackten Arm emporgestreckt, und zeichnet mit dem Zeigefinger ihre Worte in die Luft. Ich betrachte diesen weißen, geschmeidigen Arm, der meiner süßen Erschlaffung, meiner köstlichen Traurigkeit den Takt zu schlagen scheint ...

Oh, wäre sie doch stumm wie ich, traurig und befangen angesichts der fliehenden Zeit, ließe sie mich zumindest meinem Erinnern ... Sie ist jetzt entzückend hübsch. Vorhin war sie leidenschaftlich schön ...

Bei der ersten Liebkosung wie verwundet, wandte sie mir ein zauberhaftes Tiergesicht zu – tiefe Brauen, mörderische

Lippen und einen flehend-rasenden Ausdruck, der zu irrem Gewähren, murmelndem Fordern, einer Art Liebeszorn wurde ... Sie sprach kaum, stieß nur hin und wieder kindliche »Danke!« und langgezogene, mehr geseufzte denn gesprochene »Ah!« der Befriedigung hervor, wie ein durstiges kleines Mädchen, das in einem Zug getrunken hatte ...

Jetzt spricht sie, und ihre geliebte Stimme stört die erlesene Stunde ... Sie plaudert ihre Freude wie Renaud ... Können sie nicht schweigend genießen? In mir ist's düster, düster wie dieses fremde Zimmer ... Nein, nach der Liebe bin ich keine gute Gefährtin ...

Mit erneuter Gewalt umschlinge ich den warmen Körper, der sich dem meinen anpaßt, der bebt, wenn ich bebe, diesen schlanken, geliebten Körper, dessen fliehende Zartheit so rundlich ist, daß ich nirgends dem Widerstand festen Gerüsts begegne ...

»Ah, Claudine, Sie erdrücken mich noch ... Ja, seine sexuelle Kälte, seine unerträgliche Eifersucht können alles, alles entschuldigen ...«

Sie spricht von ihrem Mann? Ich höre nicht zu ... Und warum entschuldigt sie sich? Das Wort ist verfehlt, hat schlechten Beigeschmack ... Mit einem Kuß hemme ich den Strom der süßen Worte ... für kurze Zeit ...

»Sie, Claudine – ich schwöre es Ihnen –, haben mich die Qual des Wartens durchleiden lassen wie niemand sonst ... Bedenken Sie, Liebste ... so viele verlorene Wochen ... Bald ist es Frühling ... Jeder Tag bringt uns dem Sommer näher, dem trennenden Landaufenthalt ...«

»Ich verbiete dir wegzufahren!«

»Ach ja, verbiete mir etwas!« fleht sie mit grenzenloser Zärtlichkeit, dicht an mich geschmiegt. »Schilt mich, aber verlaß mich nicht ... Ich will niemanden sehen außer dir und Renaud.«

»Ah! Renaud findet Gnade?«

»Ja. Er ist gut, er hat eine Frauenseele, er versteht und schützt unsere Einsamkeit ... Claudine ... vor Renaud schäme ich mich nicht einmal ... ist das nicht seltsam?«

Seltsam, in der Tat. Ich beneide Rézi. Ich schäme mich, bin verlegen, obzwar – verlegen ist nicht das richtige Wort. Ich bin eher ... eher skandalisiert. Ja. Mein Gatte skandalisiert mich.

»Aber wie auch immer, Liebste ...«, sagt sie abschließend, auf den Ellbogen gestützt, »was wir drei da erleben, ist kein alltägliches kleines Abenteuer ...!«

»Kein alltägliches kleines Abenteuer ...« Schwätzerin! Errät sie nicht, warum ich ihren Mund ein wenig grausam küsse? Ich möchte ihre spitze Zunge mit meinen Zähnen abschneiden. Oh, wie schön wäre es, eine stumme Rézi zu lieben, fügsam und vollendet in kostbarer, von Blicken und Gebärden allein erhellter Stille ...

Ich versinke in meinem Kuß. Der Atem meiner Freundin fächelt meine Nasenlöcher ... Es wird Nacht. Ich halte Rézis Haupt in beiden Händen wie eine Frucht, zerknittere ihr Haar, das so fein ist, daß ich die Tönung der Goldfäden an der Berührung zu erraten vermeine ...

»Claudine, es ist mindestens sieben!«

Sie springt aus dem Bett, läuft zum Lichtschalter und überschwemmt uns mit Helle.

Ich schmiege mich in die lauen Laken, fröstelnd und einsam, Rézis Wärme zu bewahren, ihren blonden Duft in mich aufzunehmen. Ich habe Zeit. Mein Gatte erwartet mich ohne Unruhe ... im Gegenteil!

Sie dreht sich ein paarmal um die eigene Achse, geblendet, sucht ihre Kleidungsstücke zusammen, die verstreut auf dem Boden liegen, bückt sich nach einer verlorenen Schildpattnadel, richtet sich wieder auf und verliert dabei das

Hemd. Unbeirrt steckt sie ihr Haar zurecht, mit jener anmutigen Behendigkeit, die mich entzückt und erheitert. So helles Gold schäumt in den Höhlen der erhobenen Arme, am Schoß der jugendlichen Gestalt, daß meine Rézi nicht minder nackt wirkt als eine Statue. Doch welche Statue würde es wagen, einen zerbrechlich-zarten Oberkörper mit solch biegsamer Taille, solch fraulichen Hüften zu paaren?

Ernsthaft und wohlfrisiert wie eine Dame der guten Gesellschaft steckt Rézi ihren Frühlingshut fest und betrachtet sich einen Augenblick im Spiegel, lediglich mit einem Fliederbouquet bekleidet. Mein Lachen beflügelt ihre Hast. Schon flattern Hemd, Korsett, durchscheinendes Höschen und morgenrotfarbener Unterrock auf sie nieder, zweifellos von drei Zauberworten herbeigerufen, und eine Minute später steht eine mondäne Rézi vor mir, in Fischotterpelz und elfenbeinfarbenen Sämischhandschuhen, stolz auf ihre taschenspielerische Geschicklichkeit.

»Seitdem das Gold Ihres Körpers dem Licht nicht mehr die Helle streitig macht, ist das Zimmer dunkel, meine Blonde ... Helfen Sie mir, ich möchte aufstehen ... Diese Tücher lasten schwer auf mir, und ich bin kraftlos ...«

Kerzengerade aufgerichtet, zerre ich an meinen feuchten Händen, die schmerzende Steife meines Nackens zu lokkern, und betrachte mich in dem großen, gut beleuchteten Spiegel, meiner geschmeidigen Größe, meiner knabenhaften, schärfer ausgeprägten Anmut wohlbewußt ...

Ein schmeichelnder Nacken gleitet unter meinem erhobenen Arm hindurch.

Ich wende den Blick ab. Nein, ich will es nicht sehen, das doppelte, nackt-angezogene Spiegelbild ...

Ich beeile mich beim Anziehen, von meiner Freundin unterstützt. Sie riecht nach Pelz und Liebe ...

»Rézi, mein Schatz, versuchen Sie nicht, mir Ihre Schnelligkeit beizubringen! Mit Ihren Feenhänden kann ich's nicht aufnehmen, und es wird immer so wirken, als täte ich alles mit den Füßen! Oh – wir haben nichts gegessen ...«

»Wir hatten keine Zeit«, sagt Rézi und lächelt mir zu.

»Wenigstens ein paar Trauben? Ich bin so durstig ...«

»Ja, Trauben ... Nimm ...«

Ich trinke sie von ihren Lippen, taumle vor Erschöpfung und Verlangen. Sie entschlüpft meinen Armen.

Das Licht verlöscht. Durch die halb geöffnete Türe dringt die kalte, hallende Kälte des Stiegenhauses. Eine wohligwarme Rézi reicht mir zum letztenmal ihre Muskateller-Lippen ... dann die Straße, die anrempelnde Eile der Passanten und, als Folge des hastigen Ankleidens, Schüttelfrost, Kopfschmerz und leichte Übelkeit, als sei ich mitten in der Nacht aufgestanden ...

»Mein geliebtes Kind, komm, lach mit mir!«

Mit diesen Worten betritt Renaud das Badezimmer, wo ich mit der allmorgendlichen gewissenhaften Striegelung meines kurzen Haars beschäftigt bin, und läßt sich lachend in einen Korbfauteuil fallen.

»Paß auf: eine vertrauenswürdige Person, die sich bereit erklärt hat, für fünfzig Centimes pro Stunde über die Häuslichkeit der Rue Goethe zu wachen, hat mir heute morgen einen Fundgegenstand überreicht (Fundstelle: der Wust der Bettdecken), fein säuberlich in ein Fragment des *Petit Parisien* gewickelt, mit folgenden Worten: ›Monsieurs Kinnbinde ...‹«

»!!!«

»Du denkst natürlich schon wieder an Unanständigkeiten! Schau her!«

Was er mir zwischen zwei Fingern entgegenhält, ist ein schmales, gefälteltes, mit Mechelner Spitzen besetztes Stück

Stoff – ein Träger von Rézis Hemd! Ich habe ihn gestohlen – ich werde ihn behalten.

»Im übrigen verdächtige ich diese Hausmeisterin, unsere beliebtesten Schwankdichter mit Einfällen zu versorgen ... Gestern abend, gegen sechs Uhr, von der langen Abwesenheit meiner Liebsten ein wenig beunruhigt, erkundigte ich mich nach euch – sehr diskret, versteht sich. Und weißt du, was sie zur Antwort gab, mit respektvoll-tadelnder Stimme? ›Seit fast zwei Stunden warten die beiden Damen auf Monsieur‹!«

»Das heißt?«

»Das heißt, daß ich nicht hinaufging. Gib mir einen Kuß, Claudine, zur Belohnung!«

»Claudines Tagebuch« – verdient es diese Bezeichnung noch? Ich spreche nur von Rézi, vermag von nichts anderem zu sprechen ... Wo ist sie hin, die flinke Claudine von einst? Sie schwimmt in Rézis Kielwasser, feig, willenlos und traurig. Unsere Zusammenkünfte Rue Goethe – alle drei, vier Tage – sind die einzigen Stützpunkte der träge verrinnenden Zeit. Im übrigen folge ich Renaud durch die Ausübung seiner »gesellschaftlichen Pflichten«: Premieren, Diners, literarische Zirkel. Zuweilen nehme ich meine Freundin, durch Lambrook erschwert, ins Theater mit, im feig befriedigenden Bewußtsein, daß sie mich während dieser drei Stunden zumindest nicht betrügen wird. Ich leide Qualen der Eifersucht, und liebe sie nicht ...

Nein, ich liebe sie nicht. Aber ich vermag mein Verlangen nach ihr nicht zu meistern. Ich versuche es auch gar nicht. Ist sie aus meinen Augen, kann ich sie mir kalten Bluts von einem Auto überfahren, von der Untergrundbahn zermalmt denken ... Kaum sage ich mir aber: jetzt reicht sie ihre Lippen einem Mann, oder einer Freundin, mit demselben Flattern der Wimpern, demselben durstigen Zurückwerfen des Kopfs – so schlägt mein Herz schneller, und es saust in meinen Ohren ...

Was hilft's, daß ich sie nicht liebe! Ich leide darum nicht minder.

Vollends unerträglich ist mir die Gegenwart Renauds, der so gern den Dritten spielt. Mit dem – sicherlich begründeten – Argument, daß es von Übel wäre, wenn man uns das kleine Appartement allein betreten sähe, verweigert er mir nach wie vor den Schlüssel. Und jedesmal kostet es mich die furchtbare, demütigende Mühe, sagen zu müssen: »Renaud – wir gehen morgen ›hin‹« ...

Er ist ganz Diensteifer, ganz Zuvorkommenheit, über die »nicht alltägliche« Situation anscheinend nicht minder erfreut als Rézi. Dieses wohlausgeprägte Bedürfnis beider, sich »modern« und lasterhaft zu zeigen, ist mir unverständlich. Wohl tue ich dasselbe wie Rézi – und mehr! –, aber deshalb fühle ich mich nicht verderbt ...

Augenblicklich sind wir »dort«, alle drei. Renaud säumt, gießt Tee ein, setzt sich, raucht, plaudert, steht auf, einen Bilderrahmen zurechtzurücken oder im Samt des Betstuhls eine Motte zu fangen ... Mit einem Wort, er gibt unmißverständlich zu verstehen, daheim zu sein. Und da er endlich gehen will, unter dem fadenscheinigen Vorwand plötzlicher Eile und zahlreichen Entschuldigungen, protestiert Rézi. »So bleiben Sie doch noch eine Minute!«

Ich sage kein Wort.

Sie plaudern über meinen Kopf hinweg. Schweigend höre ich Klatsch, mißgünstige Bemerkungen, Witze am Rand des Anstößigen, kaum verhüllte Anspielungen auf das anschließende Tête-à-tête ... Sie lacht, schenkt diesem weitschweifigen Unsinn ihren sanften, kurzsichtigen Blick, die wirbelnde Anmut ihres Nackens und ihrer Taille ... Oh, wenn Sie mir nur glauben wollten, daß mich diese Gespräche verwirren und entrüsten, daß ich nicht minder schamhaft, nicht minder empört bin als ein wohlerzogenes Mädchen beim Anblick obszöner Bilder ... Meine Wollust hat mit Schmusen nichts gemein ...

Später, in dem hellen Zimmer, dessen Duft von Rézis Schwertlilienduft, Claudines starkem, süßem Chypre erfüllt ist, in dem großen, von zwei Frauenkörpern durchdufteten Bett, nehme ich stumme Rache für so viele heimliche, blutende Wunden ... Rézi schmiegt sich an mich in, gottlob, vertrauter Pose, überschüttet mich mit Fragen, will dieses wissen und jenes, ist über die Kürze meiner Antworten ungehalten, forscht weiter und glaubt mir nicht, wenn ich ihr zu versichern suche, daß dies mein erster derartiger »Wahnsinn sei« ...

»Aber Luce?«

»Luce liebte mich.«

»Und ... nichts?«

»Nichts. Sie finden mich wohl lächerlich?«

»Ganz und gar nicht, meine Claudine ...«

Ihre Wange ruht an meiner Brust. Sie scheint in sich hineinzuhorchen. In den grauen Augen spiegeln sich Erinnerungen ... Wenn sie spricht, werde ich sie prügeln wollen, das fühle ich genau ... Dennoch wünschte ich, daß sie spräche ...

»Du hast deine Hochzeit nicht abgewartet, Rézi?«

»Oh, doch!« ruft sie, setzt sich auf und erliegt dem Wunsch, von sich zu erzählen. »Meine ersten Erfahrungen waren lächerlich ... mehr als mittelmäßig ... Meine Gesangsprofessorin, eine gefärbte Blondine mit wassergrünen Augen und Pferdeknochen ... Sie lehrte mich singen und obendrein die ganze Skala der Perversität ... Ich war sehr jung, frisch verheiratet, ängstlich und nur mäßig begeistert ... Nach einem Monat, ja, genau einem Monat, brach ich die Stunden ab, schwer enttäuscht: ich hatte durch den Türspalt beobachtet, wie die englische Musikmeisterin die Köchin in dieselben Künste einzuweihen suchte ...«

Rézi gerät in Bewegung, wogt hin und her, schüttelt das Seidenhaar und belacht ihre eigenen Erinnerungen. Sie hockt im Bett, leicht zurückgeneigt, einen Fuß in der Hand, mit herabgleitendem Hemd, und scheint sich königlich zu unterhalten.

»Weiter, Rézi! Wer kam dann?«

»Dann ... kam ...«

Sie zögert, wirft mir einen schnellen Blick zu, macht den Mund wieder auf und entschließt sich:

»Ein junges Mädchen.«

Ich möchte schwören, daß sie jemanden ausgelassen hat.

»Ein junges Mädchen? Wirklich? Sehr interessant!«

Am liebsten würde ich sie beißen.

»Interessant – ja, das schon –, aber ich habe gelitten. Oh! Nie wieder ein junges Mädchen!«

Halbnackt, gedankenvoll, die Mundwinkel herabgezogen, gleicht sie einem verliebten Kind. Welch zierlichen roten Bogen könnten doch meine Zähne in diese weiße Schulter zeichnen, die im ungewissen Licht erglänzt wie zartes Perlmutter ...

»Haben Sie sie ... geliebt?«

»Ja ... Aber jetzt liebe ich nur Sie, Liebste!«

Wahrhafte Zärtlichkeit? Instinktive Furcht? Sie schlingt die weißen Arme um mich, überflutet mich mit ihrem Haar. Doch ich will das Ende der Geschichte ...

»Und sie? Liebte sie Sie?«

»Woher soll ich das wissen? Nichts, meine geliebte Claudine, nichts gleicht der Grausamkeit junger Mädchen, nichts ihrem kalten, berechnenden Fordern! (Ich meine die anständigen. Die andern zählen nicht.) Sie kennen kein Mitleid, keine Gerechtigkeit, haben keinen Sinn für die

Leiden anderer ... Die, von der ich spreche, war schwieriger und genußsüchtiger als eine junge Witwe ... Dennoch zögerte sie nicht, mich wochenlang hinzuhalten, mich nur im Kreise ihrer Familie zu empfangen ... Sie betrachtete meinen Kummer mit hübschem, unschuldsvollem Gesicht und mitleidslosen Augen und verriet mir erst viel später den Grund meiner Bestrafung: fünf Minuten Verspätung beim Rendezvous, eine allzu fröhliche Unterhaltung mit einem Freund ... oh, sie schreckte vor nichts zurück: böse Worte, laute, beißende Anspielungen in aller Öffentlichkeit, mit dem brutalen Mut derer, die der erste Fehltritt noch nicht erschreckt und gesänftigt hat ...!«

Beklommen fühle ich mein Herz rascher schlagen. Am liebsten vernichtete ich die Sprecherin, weiß jedoch die leidenschaftliche Wahrhaftigkeit ihres Geständnisses zu würdigen. Um wieviel lieber sehe ich das Wetterleuchten dieses wandlungsfähigen, vom Widerschein schmerzlicher Erinnerungen getrübten Blicks als das kindlich-provozierende Lächeln, mit dem sie Renaud betrachtet, und nicht nur ihn ... jeden Mann ... jede Frau ... und den Hausmeister ...

Wie sehr habe ich mich verändert, o mein Gott! Vielleicht nicht umwälzend – zumindest hoffe ich es –, aber dennoch: ich bin verwandelt. Der Frühling ist da, der Pariser Frühling. Ein wenig brustkrank zwar, ein wenig verwässert, rasch verflogen, aber trotzdem der Frühling, so viel steht fest. Ich sehe, daß er da ist, sehe es an Rézis Hüten. Veilchen, Flieder und Rosen erblühen nacheinander auf ihrem reizenden Köpfchen, erschließen ihre Kelche dem Licht ihres goldenen Haars. Auch meine Hüte haben sich verändert. Erzürnt, auf meinem kurzgelockten Haupt gewisse lächerliche »Damenhüte« zu bemerken, begleitete mich Rézi zur Modistin, unbeirrt und gebieterisch, und wählte für mich, was ihr gefiel. Sie befahl mich auch zu Gauthé, mich in eine Fischbeinrüstung einnähen zu lassen, die meine Taille schlanker erscheinen läßt und, seltsam genug, dem Rhythmus meines Gangs gehorcht ... Emsig suchte sie aus einem Berg von Stoffen das Blau heraus, das meinen braunen Augen am besten ansteht, das kräftige Rosa, das meinen Wangen diesen besonderen, seltsam-bernsteinfarbenen Schimmer verleiht. Sie kleidet, beschäftigt, verfolgt mich ... Ich bin an sie gewöhnt, sie ist mir unentbehrlich. Wohl widerstehe ich nur mit Mühe dem Wunsch, sie zu prügeln – aber dennoch fürchte ich, ihr zu mißfallen, werfe auf der Schwelle den Narzissenstrauß fort, den ich an irgendeiner Straßenecke erstanden habe ... Ihr überstarker, sonniger Geruch ist mir süß. Rézi liebt ihn nicht.

Ach, wie weit bin ich davon entfernt, glücklich zu sein! Aber was soll ich tun? Wie sie lindern, die Not, die mich bedrückt? Rézi, Renaud – beide sind mir unentbehrlich. Ich denke nicht daran, zu wählen. Aber wie gern schiede ich sie voneinander, wie glücklich wäre ich, wenn sie einander nicht kennten ...

Habe ich die Lösung gefunden? Wir werden sehen. Versuchen kostet nichts ...

Marcel ist da. Mein Stiefsohn findet mich bizarr, mißgelaunt und angriffslustig. Kein Wunder. Seit einer Woche verweigere ich ein Rendezvous, das Rézi flehentlich ersehnt, eine frische, drängende, vom Frühling gedrängte Rézi ... Aber ich vermag Renauds Dabeisein nicht mehr zu ertragen. Wieso fühlt er es nicht? Das letztemal, Rue Goethe, zerschellte die zärtlich-muntere Laune meines Gatten an solch brutaler Wildheit meinerseits, daß Rézi beunruhigt aufsprang, ihn mit einer Gebärde fortzuschicken – ich weiß nicht, welcher. Er ging sogleich. Dieses Einverständnis, an dem ich kein Teil habe, erhöhte noch meine Verzweiflung. Ich lehnte mich auf, trotzte, und zum erstenmal ging Rézi, ohne sich ihres Huts entledigt zu haben, den sie erst nach ihrem Hemd abzunehmen pflegt ...

Marcel bespöttelt meine Kratzbürstigkeit. Seit langem weiß er um das Geheimnis meiner Sorgen und Freuden, legt mit einer Sicherheit, die ich bewundern würde, kennte ich nicht meinen Stiefsohn, unfehlbar den Finger auf die kranke Stelle, rührt mit gemeinem Behagen in meiner Wunde.

»Sind Sie eine eifersüchtige Freundin?«

»Und Sie?«

»Ich? ... Ja und nein. Überwachen Sie sie?«

»Was geht das Sie an? Und überhaupt – warum sollte ich sie überwachen?«

Er wirft den Kopf zurück – das feingezeichnete Gesicht ist geschminkt –, fingert lange an seiner changierenden, in matten Farben gehaltenen Seidenkrawatte, betrachtet mich verstohlen und sagt:

»Ich weiß nicht. Ich kenne sie kaum. Aber auf den ersten Blick macht sie den Eindruck einer Frau, die man überwachen muß.«

Ich lächle mitleidlos:

»Tatsächlich? Ich verlasse mich ganz auf Ihre Erfahrung mit Frauen ...«

»Reizend«, sagt er ungerührt, »Sie haben heute anscheinend Ihren liebenswürdigen Tag ... Abgesehen davon, haben Sie recht. Ich sah Sie neulich im Vaudeville, bei der Premiere – alle drei –, und Madame Lambrook erschien mir ganz entzückend, ein Kompliment, das sich allerdings nicht auf ihren Hut erstreckt. Aber welche Anmut! Und wie sehr sie Sie liebt – Sie und meinen Vater!«

Der Hieb sitzt. Ich lasse mir nichts anmerken. Marcel erhebt sich enttäuscht.

»Adieu. Sie könnten einen Lustspieldichter um seine gute Laune bringen ... wenn sie nicht alle so düster wären!«

»Wessen Gesellschaft ziehen Sie der meinen vor?«

»Meine eigene. Ich verlebe Flitterwochen mit meiner kleinen Wohnung.«

»Sie haben eine kleine ...«

»Ja. Wußten Sie das nicht?«

»Gott, nein ... Ihre Freunde sind so diskret ...«

»Das bringt der Beruf mit sich. Jawohl, ich habe ein Appartement, den Traum jeder Halbweltdame! Klein, klein, klein! Aber mein! Platz genug für zwei – wenn sie zusammenrücken.«

»Und sie rücken zusammen, nicht wahr?«

»Das sagen Sie. Wollen Sie's besichtigen kommen? Ohne meinen teuren Vater, womöglich, und mitsamt Ihrer Freundin, wenn's ihr Spaß macht ... Was ist?«

Ich habe sein Handgelenk ergriffen, jäh und unversehens, einer plötzlichen Eingebung gehorchend.

»Gehen Sie nachmittags nie fort?«

»Nachmittags – doch. Donnerstag und Samstag.« Und er setzt hinzu, mit dem reizend-verschämten Lächeln eines jungen Mädchens: »Aber glauben Sie nicht, daß ich Ihnen verraten werde, wohin ...«

»Behalten Sie's ruhig bei sich ... Ich meine etwas ganz anderes ... Sagen Sie, Marcel, kann man Ihren kleinen Ruhetempel auch während Ihrer Abwesenheit besichtigen?«

»Meinen Lusttempel, meinen Sie?«

Er blickt mich an, aus grau-blau flimmernden lasterhaften Augen. Oh, er versteht genau.

»Unter Umständen ... Ist sie verschwiegen, die hübsche Madame Lambrook?«

»Welche Frage!«

»Also gut. Ich gebe Ihnen den Schlüssel. Achtung auf

meine Nippsachen, sie sind mir sehr ans Herz gewachsen! Eine elektrische Platte zum Teekochen steht im grünen Kasten links von der Eingangstür. Im übrigen können Sie sich nicht verlaufen: die Wohnung besteht nur aus einem Arbeitsraum (!) und einem Salon mit Badezimmer. Keks, Château-Yquem, Arrak und Ginger Brandy ebenfalls im grünen Kasten. Nächsten Donnerstag?«

»Nächsten Donnerstag. Danke, Marcel.«

Er ist ein kleiner Schuft, aber am liebsten fiele ich ihm um den Hals. Lärmende Freude Claudines. Die Hände auf dem Rücken verschränkt, laufe ich von Fenster zu Fenster, aus Leibeskräften pfeifend. Er gibt den Schlüssel her! Er schon!

Das Schlüsselchen eines dosischen Schlosses wölbt mein Portemonnaie. Ich gebe es nicht aus der Hand.

In der seligen Hoffnung, einer »Lösung« näherzukommen, entführe ich Rézi. Ja, ich will sie heimlich treffen, will meinen geliebten Renaud von einer Sache fernhalten, die ihn nichts angeht ... Ich liebe ihn viel zu sehr, als daß ich ihn in diese zwielichtige Affäre verwickelt sehen könnte ...

Rézi begleitet mich gefügig, in heiterer Erwartung, glücklich, meine Kälte nach einer Woche mürrischen Grolls endlich schmelzen zu sehen ...

Es ist heiß. Im Fiaker öffnet sie die knapp geschnittene dunkelblaue Kostümjacke, seufzt und atmet tief ein. Verstohlen betrachte ich ihr klares Profil, die Kindernase, die lichtdurchsiebten Wimpern, die samtenen Brauen ... Sie hält meine Hand, wartet geduldig und neigt sich zuweilen aus dem Wagen, einem Blumenwägelchen nachzublicken, das uns seinen feuchten Duft entgegenschickt, einer Auslage oder einer gutangezogenen Frau ... Sie ist so zärtlich heute, so süß ... Scheint es nicht, als liebe sie nur mich, als sei ich ihre einzige Hoffnung?

Chaussée d'Antin. Ein großer Hof, eine kleine Türe, eine winzige gepflegte Stiege, Treppenabsätze, geräumig genug, daß man auf einem Bein stehen kann. In einem Zug erklimme ich die drei Stockwerke und bleibe stehen: Marcels Geruch liegt in der Luft: Sandelholz und Heu, ein Hauch Äther. Ich öffne.

»Warten Sie, Rézi! Für zwei ist die Türe zu schmal!«

Allen Ernstes! Nein, wie mich diese Puppenwohnung erheitert! Hinter der Andeutung eines Vorzimmers beginnt ein Stückchen Arbeitsraum. Der Schlafzimmer-Salon allein erreicht halbwegs normale Größe. Schritt für Schritt gehen wir auf Entdeckungsreisen, zögernd wie Katzen nach einer Übersiedlung, bleiben bei jedem Möbelstück, jedem Bilderrahmen stehen ... Zuviel Duft, zu viele Düfte ...

»Claudine! Auf dem Kaminsims steht ein Aquarium ...«

»Ja ... mit dreischwänzigen Fischen ...«

»Oh! Der eine hat frischplissierte Flossen! Und was ist das? Ein Weihrauchbrenner?«

»Nein, ein Tintenfaß ... oder eine Kaffeetasse ... oder etwas anderes ...«

»Sehen Sie nur, Liebste: der schöne alte Stoff! Das gäbe herrliche Revers für eine Übergangsjacke ... Und diese reizende Göttin mit den gekreuzten Armen ...«

»Das ist ein kleiner Gott ...«

»Aber nein, Claudine –«

»Was auch immer – wir werden es nie erfahren! Von wegen der Draperie. Au weh! Setzen Sie sich ja nicht auf die Lehne dieses grünen Fauteuils, Rézi!«

»Was für eine verrückte Idee, sie mit Holzlanzen zu spikken!«

Rézi verschwindet und ruft:

»Oh! Schauen Sie, mein kleiner Hirt!«

Was fällt ihr ein, mich »kleiner Hirt« zu nennen? Das ist

ein Wort Renauds. Es aus ihrem Mund zu hören, verletzt mich sowohl um ihret- als um seinetwillen, vor allem um seinetwillen.

»Was?«

»Sein Porträt!«

Ich folge ihr in das Schlaf(etc.)-Zimmer. Tatsächlich. Marcel als byzantinische Dame. Das Bild ist nicht uninteressant, die Zeichnung lässig hingeworfen, die Farbgebung kühn. Rotgoldene Haarschnecken bedecken die Ohren, auf der Stirn lasten Juwelen, und sie ... nein, er ... ach was! Ich kenne mich nicht mehr aus – Marcel, mit einem Wort, hält mit starrer, wohlausgeklügelter Geste die Schleppe seines steifen, durchscheinenden, perlenbesäten Schleiergewandes, das senkrecht auf ihn niederfällt wie ein Regenguß und die Aussicht auf fliehende Hüfte, Wade und Knie gestattet – alles rosenfarben. Es ist Marcel, soviel steht fest. Das schmale Gesicht, die verächtlich blickenden Augen, deren Blau im Widerschein des rötlichen Haars noch dunkler scheint, all das ist nicht zu verkennen.

Träumerisch an Rézi gelehnt, die an meiner Schulter nistet, kommt mir der verdächtige dunkle Junge wieder in den Sinn, das spannunggeladene Porträt des Bronzino, dem ich auf den ersten Blick verfiel ...

»Was dieses Kind für hübsche Arme hat!« seufzt Rézi. »Schade, daß er gewisse Neigungen ...«

»Schade für wen?« unterbreche ich, argwöhnisch.

»Für seine Familie, natürlich!«

»Wo ... schläft er denn?«

»Er schläft überhaupt nicht. Er sitzt. Schlafen ist vulgär.«

Nun, gar so vulgär scheint es doch nicht zu sein: hinter einem rosa Seidenvorhang, in einer Art Alkoven, findet sich ein einladender Diwan, mit dem Stoff des Vorhangs bespannt. Graugrüne Platanenblätter werfen ihren fünfzackigen Schatten auf das schimmernde Hellrot ...

Spielerisch drücke ich einen Knopf: ein umgestülpter Blumenkelch verströmt sanftes Licht auf diesen Altar ... Ach, du Pflänzchen!

Rézis schlanker Zeigefinger weist auf die Polster, die den Diwan besäen:

»Keine Frau kann hier je ihren Kopf hergelegt haben – noch den Rest.«

Ihr boshafter Scharfblick erregt meine Heiterkeit. Sämtliche Polster, die in wohlabgestimmten Farben den Diwan zieren, sind aus Brokat, mit schwerer Gold- und Paillettenstickerei bedeckt: für Frauenhaare eine wahre Falle.

»Wir werden sie wegnehmen, Rézi!«

»Nehmen wir sie weg, Claudine ...«

Vielleicht wird dieser Nachmittag einst die schönste Erinnerung unserer Zärtlichkeit sein. Ich bin gelöst und hingegeben, weniger aufsässig, weicher. Sie schenkt mir ihre sanfte Fügsamkeit, ihre stets neu entfachte Glut. Aus dem Blütenkelch fließt opales Licht auf uns nieder ... Wir ruhen.

Ein wenig später wachen wir auf: im unteren Stockwerk verbünden sich ein verstimmtes Klavier und ein stark beschädigter Fisteltenor:

»Einst – lebte – in der Nor-man-die ...«

Rhythmisches Empfinden zu besitzen, ist mitunter störend. Aber man gewöhnt sich an alles! Nach einer Weile lausche ich bereits mit Begeisterung ...

»Einst – lebte – in der Nor –«

Wer mir vorausgesagt hätte, daß mich ein Sechs-Achtel-Takt aus »Robert der Teufel« eines Tages zu Tränen rühren würde ... Doch dazu bedarf es wohl des Zusammentreffens gewisser Umstände.

Es ist sechs Uhr, Rézi schlummert, die Arme um meinen Hals geschlungen, friedlich und gelöst. Plötzlich schrillt die Glocke. Mit einem erstickten Schrei gräbt Rézi die Nägel in meinen Nacken. Ich stütze mich auf den Ellbogen und lausche.

»Liebste, fürchte dich nicht – so hab doch keine Angst ... Das ist jemand, der sich irrt ... ein Freund Marcels ... er kann sie schließlich nicht alle von seiner Abwesenheit verständigt haben ...«

Sie beruhigt sich ein wenig, zieht die Hände von ihrem weißen Gesicht, streckt und dehnt sich und bietet einen reizenden Anblick schäferstündlicher Unordnung ... Doch wiederum: trrrrr ...

Sie springt aus dem Bett und beginnt sich anzukleiden, mit der üblichen präzisen Hast. Nicht einmal die Furcht vermag ihre Fingerfertigkeit zu schmälern. Und es läutet, läutet, mit hartnäckiger Beharrlichkeit, hinterhältig, heimtückisch, intelligent. Wer auch immer läuten mag – er spielt mit der Glocke wie auf einem bösartigen Instrument ... Ich beiße die Zähne zusammen ...

Meine arme Freundin, fix und fertig, hält sich die Ohren zu. Ihre Mundwinkel zittern bei jedem neuen Glockenton. Ich habe Mitleid.

»So nehmen Sie doch Vernunft an, Rézi! Das ist sicher ein Freund Marcels ...«

»Ein Freund Marcels! So hören Sie denn nicht die Absicht, die Gemeinheit dieser verteufelten Läuterei? ... Nein, das ist jemand, der weiß, daß wir hier sind ... Wenn mein Mann ...«

»Tapfer sind Sie gerade nicht ...«

»Tapfer! Sie haben leicht reden! Mit einem Mann wie dem Ihren ist es keine Kunst, tapfer zu sein!«

Ich erwidere nichts – wozu auch? –, hake mein Korsett zu,

schleiche zur Tür und lausche. Nichts als diese verdammte Glocke!

Ein letzter langer Triller – eine Art Rufzeichen –, und ich höre das Enteilen leichter Füße …

»Rézi! Er ist fort …«

»Endlich! Aber bleiben wir noch. Vielleicht belauert man uns … Oh, keine zehn Rösser brächten mich hierher zurück!«

O trauriges Ende dieser Liebesstunde ohne Morgen! Meine verängstigte Schöne eilt plötzlich so sehr, mich zu verlassen, sich aus diesem Haus, diesem Viertel zu entfernen, daß ich nicht einmal um die Erlaubnis zu bitten wage, sie heimzubegleiten … Sie geht. Ich bleibe, verlösche den Blütenkelch, hebe die bestickten Polster auf. Marcel blickt auf mich herab, mit verächtlichem Kinn und schmalen, geschminkten Lippen …

Heute sitzt mir das Original des kompromittierenden byzantinischen Porträts gegenüber, in engem, schwarzem Anzug, mit etwas zu kurzer Jacke. Marcel prickelt vor Neugier, wie einst, da seine Gedanken um Luce kreisten.

»Nun, wie war's gestern?«

»Dankenswert. Sie haben einen reizenden kleinen Tempel! Er ist Ihrer würdig …«

Er verneigt sich.

»Ihrer auch.«

»Zu gütig. Vor allem Ihr Porträt hat mich … interessiert. Es freut mich, in Ihnen eine Schwesterseele Konstantins zu wissen.«

»Das ist augenblicklich Mode … Aber genäschig sind Sie beide nicht! Mein Château-Yquem, ein Geschenk Großmutters, hat Sie nicht gereizt?«

»Nein. Die Neugier überwog alle anderen Instinkte.«

»Oh, die Neugier ...«, zweifelt er und lächelt wie die byzantinische Dame. »Im übrigen muß ich Sie zu Ihren hausfraulichen Talenten beglückwünschen ... Ich fand alles in bester Ordnung! Man hat Sie doch nicht gestört?«

Dieses blitzartige Lächeln ... dieser rasche Seitenblick ... Ah, kleine Kanaille, du hast geläutet – oder läuten lassen! – Das hätte ich ahnen müssen. Aber du wirst dich wundern, du Früchtchen!

»Gestört? Aber ganz und gar nicht! Es herrschte durchweg die Ruhe eines gepflegten Hauses! Einmal läutete es – aber auch das weiß ich nicht bestimmt. In diesem Augenblick war ich nämlich in die Betrachtung Ihrer ... Ihrer kleinen Hermaphroditengöttin versunken ...«

Das wird ihn lehren! Doch Marcels schauspielerisches Talent gibt dem meinen nichts nach: er empfiehlt sich mit der freundlichen Miene des zufriedenen Gastgebers.

Post aus Montigny! Ich muß mir den Brief laut vorlesen, anders ist Mélies Orthographie nicht zu deuten. Schließlich komme ich zu folgendem Ergebnis:

»Wann kommst Du endlich, mein Goldkind? Der große Rosenstock will blühen, und der kleinen Trauerweide geht's gut. Monsieur wie immer.«

Daß Monsieur wie immer ist, Mélie, bezweifle ich nicht! Daß es der Trauerweide »gutgeht«, freut mich. Und daß der große Rosenstock blühen will, freut mich ganz besonders. Er ist so schön, schmückt die ganze Mauer, blüht hastig, großzügig, rastlos, um im Herbst erschöpft abzusterben, nach so manchem kurzen Aufleben, letzten Zuckungen der Farbe und des Dufts. Er ist eines jener reinrassigen Geschöpfe, die an den eigenen Mühen verbluten ... »Der Rosenstock will blühen ...« Bei dieser Nachricht fühle ich die Wurzeln, die mich mit Montigny verbinden. Sie regen sich leise, von neuen Säften durchströmt ... Er will blühen ... Eine Mutter, der man mitteilt: »Ihr Sohn ist Klassenerster!«, kann kaum anders empfinden als ich bei dieser Nachricht.

Meine Pflanzenfamilie ruft mich. Mein Ahne, der Nußbaum, altert wartend. Vom wilden Wein wird es bald Sterne schneien ... Doch ich kann nicht fort. Was sollte aus Rézi werden?

Renaud will ich sie nicht überlassen. Mein armer Großer liebt so gern ... und sie ist so liebenswürdig!

Und wenn ich ihn mitnähme? Dann bliebe Rézi allein zurück, allein in diesem trockenen, brennenden Pariser Sommer, allein mit ihren Launen, ihrem Hang zur Intrige ... Sie würde mich betrügen, das steht fest ...

O Gott! So sind zwischen Liebesstunde und Liebesstunde, Küssen und Schmollen wirklich vier Monate verstrichen? Was tat ich während dieser Zeit? Nichts, Ich wartete. Verlasse ich Rézi, warte ich auf den Tag, der sie mir zurückgeben soll; bin ich bei ihr, warte ich, daß die Lust sie mir schöner und wahrhafter zeige. Ist Renaud zugegen, warte ich, daß er gehe, ist er fort, warte ich, daß Rézi gehe, um ohne Bitternis, ohne Eifersucht mit meinem Großen sprechen zu können, den ich seit meinen Qualen um Rézi noch tiefer, noch inniger zu lieben glaube.

Das war vorauszusehen! Ich bin krank! Drei verlorene Wochen. Beim bloßen Gedanken daran könnte ich rasend werden. Influenza, Grippe, Überanstrengung ... der Arzt mag es nennen, wie er will. Jedenfalls hatte ich hohes Fieber und arge Kopfschmerzen. Doch im Grund bin ich aus festem Stoff!

Geliebter großer Renaud, wie süß war mir Ihre Sanftmut! Wie wohl tat Ihre leise Stimme, Ihre ruhige, gleichmäßige Redeweise ...

Auch Rézi pflegte mich. Die Furcht, ihr häßlich zu erscheinen, ließ mich das brennende Gesicht in den Händen bergen. Sie weilte an meinem Krankenbett, in gesticktem Kleid mit Samtgürtel und hellem Strohhut, eine reizende Circe, deren kokettes Mienen- und Gebärdenspiel, auf Renaud gemünzt, mich mehr als einmal empörten. Nein, so benimmt man sich nicht in einem Krankenzimmer ... »Hinaus!« schrie ich ihr zu. Sie floh entsetzt, der Meinung, ich spräche im Fieber. Ich glaubte auch zu bemerken, daß Renaud bei ihrem Eintritt lächelte, als wehte ein frischer Windhauch ins Zimmer ... Über meinen Kopf hinweg plaudern sie über Dinge, die ich nicht gesehen habe, und ihre Unterhaltung, der ich nur mit Mühe zu folgen vermag, dünkt mich demütigend und schmerzlich wie eine Geheimsprache ... Ja, ich grollte meiner Freundin, ihrer frischen Schönheit, ihrer matten, fleckenlos weißen Wangen wegen ... Daran vermochten auch die dunkelroten langstieligen Rosen nichts zu ändern, die sie sachte auf mein Ruhebett niederlegte. Kaum war sie fort, nahm ich das Spiegelchen aus seinem Versteck unter dem Polster, meine Blässe zu betrachten, und ihrer zu gedenken, in dumpfem, eifersüchtigem Zorn ...

»Ist es wahr, Renaud, daß sich die Bäume auf den Boulevards schon verfärben?«

»Ja, kleines Mädchen. Willst du nach Montigny? Dort siehst du grünere!«

»Nein ... Dort sind sie zu grün ... Renaud, ich fühle mich heute so wohl! Ich möchte ausgehen! Ich habe ein ganzes Kotelett gegessen, ein Glas Asti getrunken und Trauben genascht ... Gehen Sie fort?«

Er steht am Fenster seines »Arbeitstempels« und betrachtet mich unschlüssig.

»Ich ginge so gern mit einem schönen Gatten spazieren!

Dieser graue Anzug steht Ihnen gut ... Die Piqué-Weste unterstreicht Ihre ›Elegance Second Empire‹, die mir so gut gefällt ... sind Sie mir zuliebe so jung?«

Er errötet fast unmerklich unter der dunklen Haut und streicht seinen Silberschnurrbart.

»Du weißt, daß es mir Kummer macht, wenn du von meinem Alter sprichst ...«

»Wer spricht von Ihrem Alter? Im Gegenteil, ich fürchte stark, daß Ihre Jugend Ihnen treu bleiben wird bis ans Ende Ihrer Tage, wie eine angeborene Krankheit! Nehmen Sie mich mit, Renaud! Ich fühle erstaunliche Kräfte ...«

Meine Beredsamkeit ist umsonst.

»Nein, Claudine! ›Nicht vor Sonntag‹ hat der Quacksalber gesagt. Heute ist Freitag! Noch zwei Tage Geduld, geliebtes Vögelchen. Da kommt übrigens jemand, der es verstehen wird, dich zurückzuhalten ...«

Er benützt das Eintreten Rézis, um sich aus dem Staub zu machen. Ist das mein Großer, der mir stets zu gefallen sucht, gegen alle Vernunft? Der Arzt ist ein Esel!

»Warum so mürrisch, Claudine?«

Vor so viel Schönheit erhellt sich meine Miene. Rézi ist bildhübsch, in einem Kleid, dessen duftige Bläue locker und schaumig wirkt ...

»Im Wasser Ihres Kleids haben Elfen ihre Schleier geschwemmt, Rézi ...«

Sie lächelt und setzt sich auf mein Bett. Ich ruhe an ihrer Hüfte und blicke zu ihr empor: ein langes Grübchen, einem Rufzeichen ähnlich, teilt das eigenwillige Kinn, und dieselbe einfache, regelmäßige Arabeske, die ich schon an Fanchette bewunderte, zeichnet die kleinen Nasenlöcher.

Ich seufze.

»Warum ich mürrisch bin? Weil ich fortgehen möchte und dieser Esel von Doktor es verboten hat. Bleiben Sie wenigstens bei mir! Schenken Sie mir Ihre Frische ... Was ist das? Ein Hut? Eine Krone? Nie noch fand ich Sie so unwiderstehlich wienerisch, Liebste ... Ihr Haar schäumt wie helles Bier ... Bleiben Sie, erzählen Sie mir von draußen ... von den spärlichen Bäumen und den noch spärlicheren Resten Ihrer Zärtlichkeit für Claudine ...«

Sie steht jetzt vor mir, macht keine Miene, noch einmal Platz zu nehmen, umgarnt mich mit leiser, verführerischer Stimme und läßt dabei den Blick von Tür zu Fenster wandern, als suche sie einen Ausgang.

»Oh! Wie schade! Ich wäre so gern den ganzen Nachmittag bei Ihnen geblieben, meine Schöne, um so mehr, da Sie allein sind ... Es ist so lange her, liebste Claudine, daß Ihr Mund den meinen berührte ...«

Sie neigt sich mir zu, bietet mir die feuchten kleinen Zähne ... Ich wende mich ab.

»Nein. Ich bin fiebrig. Packen Sie sich – gehen Sie spazieren, will ich sagen.«

»Ich denke nicht daran spazierenzugehen, meine Claudine! Aber morgen ist mein Hochzeitstag ... das ist kein Grund, zu lachen ... und da muß ich für meinen Gatten ein Geschenk besorgen –«

»Na, und?«

»Ausgerechnet heuer vergaß ich diese heilige Pflicht ... Da nun aber Mr. Lambrook heute abend unter seiner kunstvoll gefalteten Serviette unbedingt etwas finden muß – ein Zigarrenetui, Manschettenknöpfe, eine Bombe, was auch immer –, eile ich, ein Geschenk zu erstehen! Sonst erwarten mich drei Wochen eisigen Schweigens und unverletzlicher Würde ... O Gott!« endet sie mit geballten Fäusten, »was treibt er denn hier? Im Transvaal braucht man Leute ...«

Ihre übertrieben-spöttische Gesprächigkeit erregt mein Mißtrauen.

»Warum vertrauen Sie diese Mission nicht dem unfehlbaren Geschmack eines Kammerdieners an?«

»Weil das gesamte Personal, mit Ausnahme meiner ›Vertrauten‹, meinem Gatten verkauft ist! Glauben Sie, daran hätte ich nicht schon gedacht?«

Aha. Sie ist darauf versessen auszugehen.

»Dann Gott befohlen, tugendhafte Göttin! Feiern Sie Ihren heiligen Lambrook ...«

Schon senkt sie das weiße Schleierchen ...

»Wenn ich vor sechs zurückkommen sollte – wollen Sie mich dann noch?«

Sie neigt sich über mich, bezaubernd hübsch. Ihr Rock, einer lebhaften Drehung gehorchend, umschmiegt den schlanken Körper als luftige Spirale und gibt jedes seiner Geheimnisse preis ... Platonische Bewunderung erfüllt mich ganz und gar. Sollte sie meiner Schwäche zuzuschreiben sein? Ich fühle nicht mehr den stürmischen Flügelschlag der Begierde von einst ... Und dann ... weigerte sie sich nicht, mir Sankt Lambrook aufzuopfern?

»Das hängt ganz von den Umständen ab ... Kommen Sie getrost her, man wird Sie nach Verdienst behandeln ... Nein, sag' ich, ich bin fiebrig ...!«

Sie geht. Ich bin allein, rekle mich, lese drei Seiten, gehe auf und ab, beginne ein Schreiben an Papa, setze mich an meinen Toilettentisch, meine Nägel zu polieren, und werfe bei dieser gewissenhaftigen Tätigkeit hin und wieder einen Blick in den ovalen Spiegel, als könne er mir die Zeit verraten. Im übrigen sehe ich gar nicht so schlecht aus ... Die Locken sind länger geworden, das ist nicht übel! Und dieser weiße Kragen, diese rot-weiß gestreifte Musselinbluse ... sind sie nicht wie geschaffen für einen kleinen Spaziergang? Schon lese ich im Spiegel, was meine Augen beschlossen haben, setze den schwarzbebänderten Strohhut auf, werfe eine Jacke über den Arm, daß Renaud mich nicht des Leichtsinns beschuldige, und stehe auf der Straße.

Gott, welche Hitze! Kein Wunder, daß der Rosenstock blühen will ... O Paris, du häßliche Steinwüste! Ich fühle mich ganz leicht, habe abgenommen ... Die frische Luft berauscht mich ein wenig. Doch beim Gehen gewöhnt man sich daran. Meine Gedanken sind kaum beachtlicher als die eines Schoßhundes, der nach vierzehn Regentagen erstmalig auf die Straße geführt wird.

Unabsichtlich, automatisch gehe ich Richtung Rue Goethe ... Weit ist's mit dir gekommen, Claudine! Bei Nr. 59 angelangt, lächle ich den weißen Tüllvorhängen zu, die die Fenster des zweiten Stocks verschleiern ...

Ist's möglich? Der Vorhang hat sich bewegt ... Ich bleibe stehen, festgenagelt, steif wie eine Puppe. Wer ist »bei uns«? Eines der Hoffenster wird wohl offenstehen, der Luftzug bauscht den Vorhang ... Doch während sich meine Logik um eine Erklärung müht, hat das Tier in mir, von Argwohn gestochen, die Wahrheit erahnt, ohne sie zu verstehen.

Zornblind überquere ich die Fahrbahn, stürme die zwei Stockwerke hinauf wie im Alptraum, über Wattestufen, die unter meinen Füßen zurückweichen, um mir gleich darauf entgegenzuwachsen ... Gleich werde ich mich an den Kupfergriff hängen und Sturm läuten ... Doch nein, sie kämen wohl nicht ...

Ich warte eine Minute, die Hand ans Herz gepreßt. Diese arme, abgeschmackte Geste ruft mir einen Ausspruch meiner Kommunionsschwester Claire ins Gedächtnis, einen kindlichen Ausspruch, dessen plötzliches Aufblitzen mich grausam dünkt: »Das Leben ist so wie in den Büchern, nicht wahr?«

Ich läute, ängstlich, zitternd, betroffen über diesen Glockenton, der nie für uns erklang ... Und während zweier langer Sekunden bete ich, von feiger Angst gepackt: »Oh ... wenn doch niemand käme!«

Der Schritt, der sich nähert, bringt mir meine ganze Kühnheit wieder, in einer Flut von Zorn. Renauds Stimme fragt ärgerlich: »Wer ist da?«

Mein Atem stockt. Ich lehne mich an die kühle Wand – Marmorimitation – und wünsche den Tod herbei ... Aber nicht lange. Los, nimm dich zusammen! Du bist Claudine, zum Teufel! Claudine! Ich streife die Furcht ab wie einen Mantel und sage: »Machen Sie auf, Renaud, oder ich schreie.« Und ich schaue dem, der öffnet – völlig angekleidet –, starr in die Augen. Er weicht erstaunt zurück und spricht nur ein einziges Wort, im gemäßigten Tonfall des pechverfolgten Spielers: »Teufel!«

Das Bewußtsein, das Recht auf meiner Seite zu haben, macht meine Bewegungen steif und abgemessen. Ich bin Claudine! Und ich sage:

»Ich sah jemanden am Fenster stehen. Also kam ich herauf, euch guten Tag zu sagen.«

»Das hab' ich fein gemacht!« murmelt er.

Er versucht nicht, mich zurückzuhalten, sondern tritt zur Seite, läßt mich eintreten und folgt.

Raschen Schritts durchquere ich den kleinen Salon, hebe den geblümten Vorhang ... Ah! Ich wußte es ja! Rézi ist da, kein Zweifel, sie ist da! Sie zieht sich gerade an ... Da steht sie, wie für mich, in Höschen und Korsett, den Spitzenunterrock über dem Arm, den Hut auf dem Kopf ... Oh, nie werde ich dieses blonde Antlitz vergessen, das unter meinen Blicken zu schwinden und zu sterben droht ... Fast beneide ich sie um ihre Furcht ... Sie blickt auf meine Hände, ihr feingezeichneter Mund wird blutleer und trocken. Ohne den Blick von mir zu wenden, greift sie mit zitternder Hand nach ihrem Kleid. Ich komme näher. Sie schwankt und bedeckt das Gesicht mit beiden Ellbogen. Diese Bewegung, die das schimmernde, so oft geatmete Gold ihrer Achselhöhlen freigibt, entfesselt in mir Stürme der Leidenschaft ... Ich werde diese Karaffe nehmen ... oder diesen Sessel ... Die Möbel zittern vor meinen Augen wie heiße Luft über einer Sommerwiese ...

Renaud streift meine Schulter. Er ist unsicher, blaß, hauptsächlich verärgert. Ich sage mühsam: »Was ... macht ihr hier?«

Er kann sich eines leisen, ein wenig schiefen Lächelns nicht erwehren.

»Du siehst ja ... wir warten auf dich.«

Entweder ich träume ... oder er ist verrückt geworden ... Ich wende mich wieder zu ihr, ihr, die das Abschweifen meines Blicks benützte, um ihr Kleid überzustreifen, das blaue Kleid, in dem die Elfen ihre Schleier schwemmten ... Ihr wenigstens ist nicht zum Lächeln zumute.

»Das Leben ist wie in den Büchern, nicht wahr?« O nein, sanfte Claire. Im Roman gibt diejenige, die sich zu rächen kommt, mindestens zwei Schüsse ab. Oder sie geht, mit einem niederschmetternden Wort, schlägt die Türe zu und straft die Schuldigen mit ihrer Verachtung ... Mir fällt nichts ein. Ich weiß nicht, was ich tun soll ... das ist die Wahrheit. Die Rolle der betrogenen Gattin lernt man nicht auf eins, zwei, drei, binnen fünf Minuten ...

Ich stehe noch immer im Türrahmen, versperre den Weg. Rézi sieht aus, als wolle sie jeden Augenblick in Ohnmacht fallen. Gibt es so etwas wirklich? Renaud hat keine Angst. Wie ich, verfolgt er die verschiedenen Phasen des Entsetzens, die sich auf Rézis Gesicht spiegeln, jedoch mit mehr Interesse denn Erregung. Vielleicht versteht er jetzt, daß es besser gewesen wäre, diese Stunde hätte uns nicht vereint ...

»Claudine ...«

Mit einer jähen Bewegung schneide ich ihm das Wort ab.

Außerdem scheint er nicht darauf erpicht weiterzusprechen. Er zuckt die Achseln, mit fatalistischer Resignation.

Doch mein Zorn gilt nicht ihm. Langsam gehe ich auf Rézi zu, sehe mich auf sie zugehen. Mir selbst entrückt, beobachte ich meine Bewegungen, und dieses Doppelspiel verwirrt meine Absichten. Werde ich sie schlagen? Oder mich darauf beschränken, ihre schändliche Furcht bis zum Wahnsinn zu steigern?

Sie weicht zurück, umgeht das Tischchen, auf dem noch die Teetassen stehen, schiebt sich die Wand entlang ... sie wird mir entkommen. Nein, ich will nicht ...

Sie berührt schon den Vorhang, tastend, ohne den Blick von mir zu wenden, und flieht, langsam, rückwärts schreitend. Instinktiv bücke ich mich, einen Stein aufzuheben ... doch es gibt keine Steine ... Sie ist verschwunden.

Ich lasse die Arme sinken. Mit einem Schlag ist meine ganze Kraft dahin.

Wir sind allein, stehen einander gegenüber, sehen uns an. Renaud wirkt kaum anders als sonst, hübsch und verführerisch, ein wenig bedrückt zwar, doch nicht übermäßig. Seine Augen sind schön und traurig. Guter Gott! Gleich wird er sagen »Claudine ...«, und wenn ich meinem Zorn Luft mache, wenn ich die Kraft, die mich jetzt aufrechterhält, in Tadel und Tränen vergeude, werde ich diesen Raum an seinem Arm verlassen, klagend und verzeihend ... Nein, ich will nicht! Ich bin – ich bin Claudine, zum Teufel! Außerdem würde ich ihm meine Vergebung nie verzeihen ...

Ich habe zu lange gewartet. Er kommt näher, sagt »Claudine ...«

Mit zwei Sätzen bin ich an ihm vorbei, stürze zur Türe und flüchte wie Rézi, ohne zu überlegen, dem Trieb gehorchend. Doch nicht meinen Gatten fliehe ich, sondern mich selbst.

Ich tat gut daran fortzulaufen. Die frische Luft, ein Blick auf den verräterischen Vorhang, und Wut und Stolz erhalten neue Nahrung. Außerdem weiß ich jetzt, wohin.

Ein Fiaker führt mich nach Hause. Eine knappe Viertelstunde später ist meine Reisetasche gepackt, ich werfe den Wohnungsschlüssel auf den Tisch und gehe. Geld habe ich – nicht sehr viel, aber genügend.

»Kutscher – zum Südbahnhof.«

Bevor ich den Zug besteige, schicke ich ein Telegramm an Papa und eine Depesche an Renaud: »Sendet Wäsche und Kleider Montigny, für Aufenthalt unbestimmter Dauer.«

Graue, ehemals blaue Kornblumen an verblichener Tapete ... bunte Phantasiefrüchte am Bettvorhang ... oh, ich erkenne dich, fürchterlicher, augenbewehrter Apfel ... wie oft sah ich euch im Traum, während meiner Pariser Zeit, doch niemals so deutlich ...

Ich erwache: der Schrei der Pumpe drang in meinen leichten Schlummer. Ich richte mich auf, setze mich an den Rand meines schmalen Himmelbetts und erwidere das erste Lächeln meines Kinderzimmers mit einem Strom heller Tränen. Sie gleichen dem Sonnenstrahl, der Goldmünzen auf die Scheiben regnen läßt, und tun meinen Augen wohl wie die Blumen der blassen Wand. So ist es also wahr: ich bin hier, in diesem Zimmer! Kein anderer Gedanke hat in meinem Herzen Raum, bis ich endlich meine Augen trockne, mit einem kleinen Taschentuch, das nicht aus Montigny stammt ...

Die Traurigkeit läßt meine Tränen rasch versiegen. Man hat mich verwundet. Heilsam verwundet? Fast glaube ich es, kann ich doch in Montigny, in diesem alten Haus, nie vollends elend sein ... Oh! mein kleiner tintenbekleckerter

Schreibtisch ... Er birgt meine Schulhefte. »Mathematik«, »Orthographie« – ja, ja, zur Zeit Mademoiselles hieß es weder »Rechnen« noch »Rechtschreiben« ... Mathematik und Orthographie, das wirkte eleganter, mehr »Oberstufe« ...

Harte Nägel kratzen an der Türe, ringen mit dem Schloß. Ein verzweifelt-gebieterisches »Miau!« zwingt mich, zu öffnen ... O schönster Schatz! Verzeih! Mein Kopf ist so wirr, Fanchette, daß ich dich eine Sekunde lang vergaß! Komm in meine Arme, komm in mein Bett, leg dein feuchtes Näschen an mein Kinn, laß mich deine kalten Zähne fühlen ... Die Wiedersehensfreude ist zu groß: Fanchette, außer sich, »macht Brot« auf meinem nackten Arm, mit gezückten Krallen. Wie alt bist du jetzt? Fünf Jahre? Sechs? Ich weiß es nicht mehr. Dein Schnee ist so frisch ... Du wirst jung sterben ... wie Renaud. Da wären wir wieder. Der Gedanke an Renaud verdirbt mir alles ... Oh, bleib an meiner Wange, daß ich, deinem wilden, seligen Schnurren zu lauschen, mich selbst vergessen kann ...

Was dachtest du wohl bei meiner plötzlichen Ankunft? Kein Gepäck ... Selbst Papa argwöhnte etwas:

»Wo hast du deinen Halunken von Mann gelassen? Wann kommt er?«

»Sobald er kann, Papa.«

Bleich und geistesabwesend, weilte ich noch in der Rue Goethe, zwischen diesen beiden Wesen, die mir Schmerz zufügten. Es war schon zehn Uhr abends ... gleichviel! Ich wollte nichts essen, wünschte nur ein Bett, ein warmes, einsames Loch, allein weinen, träumen, hassen zu können ... Doch das Dunkel meines alten Zimmers birgt viele gütige Geister: sie brachten mir schwarzen, wohltätigen Schlaf.

Holzschuhe schlurfen näher. Mélie tritt ein, ohne anzuklopfen (Gott, man trennt sich nicht so leicht von alten Gewohnheiten!), in einer Hand ein glanzloses Tablett –

dasselbe! –, in der anderen ihre linke Brust. Sie ist verblüht, verschlampt, zu jedem anrüchigen Dienst bereit, doch ihr Anblick allein tut meiner Seele wohl. Und was bringt die häßliche Dienstmagd auf ihrem abgeschlagenen Tablett? »Den Trank aus der Quelle ewiger Jugend« ...? Nein, Schokolade. Ich sterbe vor Hunger.

»Mélie!«

»Was, mein Goldkind?«

»Hast du mich wenigstens gern?«

Sie stellt das Tablett nieder, überlegt, hebt die schlaffen Schultern und erwidert: »Wahrscheinlich.«

Sie spricht wahr. Ich fühle, daß sie die Wahrheit sagt. Sie bleibt stehen, sieht zu, wie ich esse. Desgleichen Fanchette, zu meinen Füßen sitzend. Beide bewundern mich rückhaltlos. Dessenungeachtet schüttelt Mélie mißbilligend den Kopf, wägt ihre linke Brust und sagt tadelnd:

»Du schaust schlecht aus. Was ist los?«

»Gar nichts. Ich hatte Grippe. Das hab' ich ja Papa geschrieben. Wo ist er denn überhaupt?«

»In seinem Loch natürlich. Du siehst ihn dann ohnehin.«

(Oh, daß ich den herrlichen Dialekt wiedergeben könnte, der jedem mit fresnischen Gewohnheiten Unvertrauten ein ewiges Rätsel bleiben muß!)

»Willst du ein Faß?«

»Ein Faß? Wozu?«

»Um deinen Herrn Hintern zu waschen, und den Rest.«

»Und ob! Ein großes auch noch dazu!«

Sie geht, dreht sich auf der Türschwelle um und fragt wie aus der Pistole geschossen:

»Wann kommt er?«

»Wer?«

»Monsieur Renaud natürlich.«

»Woher soll ich das wissen? Er wird's dir schreiben! Vorwärts, mach weiter!«

Ich neige mich aus dem Fenster, in Erwartung des Fasses, und sehe nichts als Dächer, rote Dächer in wilder Flucht. Der Abhang ist so steil, daß dem ersten Stock eines jeden Hauses das Erdgeschoß des vorherigen entspricht ... Kein Zweifel, seit meinem letzten Besuch ist der Abhang noch steiler geworden. Ich bemerke einen Zipfel der Rue des Soeurs, die gerade – krummenwegs, meine ich – zur Schule führt. Soll ich Mademoiselle besuchen? Nein, ich bin nicht hübsch genug. Außerdem würde ich vielleicht der kleinen Hélène begegnen, dieser Rézi von morgen ... Nein, nein, keine Freundinnen mehr, keine Frauen! Ich schüttle meine Hand, mit gespreizten Fingern, empfinde denselben Widerwillen, mit dem man ein langes Frauenhaar wegwirft, das unter dem Fingernagel haftet ...

Auf bloßen Füßen tappe ich in den Salon. Liebe, alte Fauteuils! Ist's nicht, als lächelten mir eure Risse zu? Hier ist alles wie ehedem. Zwei Jahre Exil in Paris vermochten euren runden Rücken, euren hübschen, geschwungenen Füßen, die ein Rest weißer Farbe ziert, nichts anzuhaben ... Was für ein Trampel, diese Mélie! Die blaue Vase, die ich fünfzehn Jahre lang links vom grünen Krug stehen sah, steht plötzlich rechts! Rasch stelle ich die alte Ordnung wieder her, vervollständige den Hintergrund, vor dem die meisten Jahre meines Lebens abrollten, und vermisse nichts, nichts als meine Freude von ehedem, meine fröhliche, stachellose Einsamkeit ...

Dort, jenseits der herabgelassenen Jalousien, wartet der Garten. Nein, Garten, dich besuche ich noch nicht ... Das bloße Murmeln deiner Blätter wühlt mich auf, ich weiß es genau ... Zu lange schon habe ich nichts Grünes gekostet. Papa glaubt, ich schlafe. Oder hat er meine Ankunft vergessen? Wie dem auch sei – in seine Höhle zu gehen, ihm einige Flüche zu entlocken, dazu ist auch später Zeit. Fanchette folgt mir auf dem Fuß. Fürchtet sie, ich könnte neuerlich entfliehen? Keine Angst, Fanchette! Weißt du nicht, daß ich schrieb: »Kleider und Wäsche für Aufenthalt unbestimmter Dauer ...«? »Unbestimmte Dauer« –was heißt das eigentlich? Ich weiß es nicht. Doch ich glaube für lange, lange hierzusein ... Oh, wie wohl tut neue Umgebung altem Schmerz!

Mein kurzer Morgen verrinnt im verzauberten Garten. Er ist größer geworden. Der wesenlose Mieter hat nichts angerührt, nicht einmal das Gras auf den Wegen.

Der riesige Nußbaum trägt tausend und abertausend Nüsse. Ich pflücke eines seiner Blätter, atme seinen bittersüßen Verwesungsduft, und meine Augen fallen zu. Ich lehne an dem guten Stamm, fasse diesen mächtigen Baum, unseres Gartens Schutz und Fluch – in der Kälte seines Schattens sterben die Rosen. Was tut's? Nichts ist schöner als ein Baum – als dieser Baum. Und rückwärts, vor der Mauer Mutter Adolphes, stehen die beiden Tannenbrüder und nikken mir zu, ernst und kerzengerade in ihrem dunklen, unverwüstlichen Kleid ...

Am Dach ranken sich die Glyzinien empor. Ihre hübschen Trauben sind blütenleer ... desto besser! Ich kann ihnen kaum verzeihen, Rézis Haar geschmückt zu haben ...

Regungslos an den Nußbaum gelehnt, horche ich in mich hinein, fühle mich endlich, endlich wieder Pflanze werden ... In der Ferne verblaut das Caillesgebirge. Morgen wird's schön sein ... Über Moustiers ist der Himmel ganz klar ...

»Ein Brief, mein Herzblatt!«

Ein Brief ... Schon ... Wie kurz war die Atempause! Konnte er mir nicht Zeit lassen? Noch einige Tage warmer Sonne, animalischen Daseins? Ich fühle mich machtlos und klein in Erwartung der Pein, die über mich hereinbrechen wird ... Oh, könnte ich die Vergangenheit mit einer Handbewegung fortschieben und neu beginnen, ganz neu ...

»Mein geliebtes Kind ...«

Mehr hätte er nicht schreiben müssen. Ich weiß, was er mir zu sagen hat. Ja, ich war sein Kind. Warum hat er mich betrogen?

»Mein geliebtes Kind, Dein Kummer raubt mir die Ruhe, läßt mich keinen Trost finden. Du tatest, was Du tun mußtest, und ich bin nichts als ein unglücklicher Mann, der Dich verzweifelt liebt. Du weißt, Claudine, daß mich nur dumme Neugier *dazu* getrieben hat – aber das ist es nicht, wessen ich mich schuldig fühle. Das sage ich Dir auf die Gefahr, Deinen Schmerz zu vergrößern. Aber ich habe Dir Böses getan, und dieser Gedanke verfolgt mich Tag und Nacht.

Das Verlangte werde ich Dir senden. Ich vertraue Dich dem Land an, das Du liebst. Bedenke aber, daß Du meine einzige Freude, meine ganze Zärtlichkeit bist. ›Meine Jugend‹, wie Du sie nanntest, als Du mir noch zulachtest, diese traurige Jugend eines alten Mannes ist mit Dir entschwunden ...«

Oh, wie weh das tut ... Ich sitze auf dem Boden, das Haupt an die rissige Rinde des alten Nußbaums gelehnt, und schluchze ... Wie schmerzt mich mein Leid ... wie schmerzt mich das seine ... Ich, die nicht wußte, was »Liebeskummer« ist – jetzt habe ich deren zwei ... Sein Schmerz brennt noch heißer als der meine ... O Renaud! Renaud!

Meine Glieder werden schwer. Ich erstarre in meinem Kummer. Brennenden Blicks verfolge ich den Flug einer Wespe, die Kreise eines Vogels, eines Goldkäfers verschlungene Spur. Wie blau ist dieser Eisenhut, wie satt und kräftig seine Farbe. Und was verströmt diesen Honigduft, diesen Hauch orientalischer Süßigkeiten, überzuckerter Rosenmarmelade? Es ist der Rosenstrauch, der mir seine Düfte sendet ... Ihm zu Ehren stehe ich auf.

So viele Rosen! Am liebsten sagte ich: »Ruhe aus! Du hast genug geblüht, genug gearbeitet, deine Kräfte, deine Düfte sind erschöpft ...«

Doch das wäre in den Wind gesprochen. Er will wohl den Rosenrekord brechen. Er ist tüchtig, schnell, gibt, was er hat. Hübsche, zierliche Röschen, deren Blütenblätter eine dunkelrote Linie nachzeichnet, sind seine zahllosen Töchter. Ihresgleichen findet man auf manchen Heiligenbildern. Jede für sich wirkt fast ein wenig einfältig ... doch wer könnte dem murmelnden Bienenschleier feind sein, den sie über diese Mauer breiteten?

»Elendes Vieh! Aus der Hölle gespieenes Ferkel! Wart, gleich zieh' ich dir das Fell ab!«

Kein Zweifel. Papa tritt in Erscheinung. Glücklich, ihn zu sehen, mich an seiner Narrheit zu erheitern, laufe ich ihm entgegen. Er neigt sich aus dem Bibliotheksfenster im ersten Stock. Sein Bart, etwas weißer geworden, wallt noch immer auf seine breite Brust, ein dreifarbener Strom. Seine Nüstern speien Feuer, seine Gebärden schrecken den Erdkreis.

»Was ist los, Papa?«

»Dieses Schwein von einer Katze hat mit seinen dreckigen Pfoten mein herrliches Aquarell verdorben! Es ist hin! Vollkommen hin! Man sollte sie aus dem Fenster werfen!«

(Sieh da, er verbricht Aquarelle? Ich zittere ein wenig für meine Liiiiebste ...)

»Oh! Papa! Hast du ihr weh getan?«

»Natürlich nicht! Aber ich hätte ihr weh tun können – und sollen, verstehst du, elendes Geschöpf?«

Ich atme auf. Unser letztes Zusammentreffen liegt so weit zurück, daß ich die Harmlosigkeit seiner Blitze beinahe vergessen hätte ...

»Und du, kleine Dine? Geht's dir gut?«

Der zärtliche Ton seiner Stimme, der längstvergessene Name meiner frühesten Kindheit erschließen verschüttete Quellen ... Freudig lausche ich dem silbernen Rieseln heller, flüchtiger Erinnerungen ... Ach Gott! Er donnert schon wieder:

»Wird's bald, Ziege? Ich spreche mit dir, will mir scheinen!«

»Ja, liebster Papa. Es geht mir gut. Und dir? Arbeitest du viel?«

»Das Gegenteil für möglich zu halten, ist eine Beleidigung! Da, lies: das ist vorige Woche erschienen ... zum großen Verdruß meiner Esel von Kollegen ... Der Erdkreis erbebte!«

Er wirft mir ein Exemplar der »Wissenschaftlichen Rundschau« herunter, die seinen kostbaren Beitrag abdruckte.

O Malakologie! Du spendest deinen Getreuen Glück und Vergessen ... Was bedeuten ihnen schon die Welt und ihre Schmerzen ... Ich durchblättere das Heftchen, dessen freundliches Rosa mir gefällt, und stoße auf die wahre Schnecke, ein Wort, das sich auf seinen dreiundfünfzig Buchstaben schleimig dahinwälzt: Tetramethyl-monophenil-sulf o-tripara-amido-triphenyl-Methan ... O weh! Renauds Gelächter klingt an mein Ohr ...

»Darf ich das Heft behalten, Papa? Brauchst du es nicht?«

»Nein«, erwidert er von der olympischen Höhe des zweiten Stocks. »Ich habe bei Gauthier-Villars zehntausend Exemplare bestellt.«

»Ein Gebot der Vorsicht. Wann wird gegessen?«

»Woher soll ich das wissen? Wende dich an das Dienerpack! Ich bestehe nur aus Hirn! Essen? Pah!«

Und er schmettert sein Fenster zu, das die aufgehende Sonne vergoldet.

Ich kenne diesen Mann, der nur aus Hirn besteht: zu Mittag wird er ein ordentliches Beefsteak denken.

Schritt für Schritt, Stück für Stück suche ich meine Kindheit zusammen, die in allen Ecken und Enden des alten Hauses nistet, blicke durch die glyzinienumwundenen Gitterstäbe, um zu sehen, wie sich das Caillesgebirge sachte verändert, von Weiß in Violett übergeht. Euch, dichte Wälder, deren undurchdringliches Grün gegen Abend erblaut, will ich erst morgen lieben ... Heute pflege ich meine Wunden, hege sie im Schutz des Hauses. Allzu helles Licht, allzu frischer Wind, grüne, rosenbesteckte Dornen könnten den leichten Schleier der Gesundung zerreißen, der sich auf meinen Kummer senkt.

Im rötlichen Schein des Abends entschlummert der barmherzige Garten. Ich höre zu. Über meinen Kopf hinweg führt der schwarze Zickzackflug einer Fledermaus. Ein voreiliger, verschwenderischer Birnbaum wirft Frucht um Frucht zu Boden. Den runden Birnen, reif und mostig, folgen hartnäckige Wespen ... fünf, sechs, zehn an einem einzigen kleinen Loch ... Noch im Fallen essen sie weiter, mit den hellen Flügeln schlagend. So flatterten an meinen Lippen Rézis goldene Wimpern ...

Die Erinnerung an die Verräterin läßt mich nicht erzittern. Nichts von dem schmerzhaften Stich, den ich gefürchtet hatte. Ach, Rézi! Ich wußte wohl, warum ich dich nicht liebte ...

Hingegen vermag ich nicht ohne grausames Erschrecken, nicht, ohne verzweifelt die Hände zusammenzupressen, Renauds hohe Gestalt heraufzubeschwören in dem Augenblick, da er traurigen Blicks darauf wartete, mich das Unwiderlegbare entdecken zu sehen ...

»Ein Telegramm für dich, Goldkind!«

Nein, das ist zuviel! Ich fahre herum, drohend, bereit, das kleine Stück Papier zu zerreißen.

»Mit bezahlter Rückantwort.«

Ich lese: »Sofortige Nachricht über Gesundheit erbeten.« Mehr wagt er nicht zu schreiben. Er dachte wohl an Papa, Mélie, an Mademoiselle Mathieu, das Postfräulein. Auch ich denke an all diese Leute, denn ich antworte:

»Ausgezeichnete Reise. Vater gesund.«

Ich habe im Schlaf geweint. Des Traums erinnere ich mich nicht. Dennoch bedrückt er mich noch im Erwachen, und ich höre mich lange zitternde Seufzer ausstoßen ... Der Tag bricht an. Es ist erst drei Uhr. Die Hühner schlafen noch. Nur die Spatzen schreien, und ihr Gezwitscher klingt, als reibe man Kieselsteine aneinander. Es wird schön ... Die Dämmerung ist blau.

Früher, als ich noch ein kleines Mädchen war, stand ich vor der Sonne auf, im Wald von Fredonnes den nächtlichen Geschmack der kalten Quelle zu kosten, die letzten Schleier der Nacht zu erhaschen, ehe sie im dichten Unterholz zur Ruhe geht ...

Ich springe aus dem Bett. Die schlafende Fanchette, des warmen Nests meiner gespreizten Knie grausam beraubt, schlägt einen Purzelbaum, ohne aufzuwachen. Kaum, daß sie leise stöhnt. Und schon drückt sie die weiße Pfote fester auf die geschlossenen Augen. Nein, für feuchte Morgendämmerung hat sie nichts übrig. Sie liebt nur die hellen Nächte, da sie, kerzengerade aufgerichtet wie eine ägyptische Gottheit, schweigend zusehen kann, wie der weiße Mond über den Himmel rollt.

Das hastige Ankleiden, das graue Dämmerlicht erinnern mich an so manchen kalten Winter. Wie oft stand ich fröstelnd auf, ein mageres kleines Ding, um durch Schnee und Kälte zur Schule zu stapfen. Oh, ich war tapfer unter meiner roten Kapuze, grub meine Zähne in die Schale gekochter Kastanien, glitt mit spitzen Holzschuhen über vereiste Wege ...

Ich verlasse das Haus an der Hinterfront, nicht ohne vorher mit einem Stück Kohle an die Küchentüre geschrieben zu haben: »Claudine geht spazieren und kommt erst mittags zurück«, durchquere den Garten und klettere über das Gitter ... Vorher aber lächle ich dem Haus zu, meinem Haus – es gibt keines, das wahrhafter mir gehörte als dieser geräumige Steinbau mit den verblichenen, Tag und Nacht offenstehenden Läden argloser Fenster ... Das bläuliche Schieferdach schmückt helles Moos. Auf der Wetterfahne erwarten zwei Schwalben die Sonne, ihr weißes Jabot von den ersten spitzen Strahlen kraulen zu lassen.

Mein ungewohntes Auftauchen in der stillen Straße beunruhigt einige im Dienste der Müllabfuhr stehende Hunde, verscheucht ein paar Katzen. Sie entfernen sich lautlos, grau und rund, um mir von der Höhe eines sicheren Dachfirsts gehässigen Blicks nachzuschauen ... Kaum wird mein Schritt verklungen sein, werden sie wieder herunterkommen ...

Diese Pariser Schuhe taugen nicht für Montigny. Ich brauche neue, grobe, genagelte.

Die köstliche Kälte der blauen Stunde prickelt auf meiner Haut, sticht meine Ohren. Dort oben wallen schon leichte Nebel, bläuliche Schleier, während leuchtendes Orange die eben noch grauen Dächer umrandet. Fast laufe ich dem Licht entgegen, bis zu der Porte Saint-Jean, auf halber Höhe des Hügels. Dort, wo ein einsames Haus die ersten Felder bewacht, heiter und kümmerlich, bleibe ich stehen, mit einem tiefen Seufzer.

Winkt das Ende meiner Leiden? Wird der Nachhall des Schlags, der mich betäubte, endlich verklingen? Hier, in der engen Wiege dieses Tals, habe ich während sechzehn langer Jahre meine einsamen Kinderträume zur Ruhe gebettet. Ist's nicht, als sähe ich sie schlummern unter ihrer Decke weichen milchweißen Nebels? Ein Fensterladen wird aufgestoßen. Sein Klappern verjagt mich von dem Steinhaufen, auf dem ich sinnend saß, den Mund ganz kalt vom Morgenwind ... Nein, nach den Leuten von Montigny verlangt es mich nicht. Ich muß weiter, will das Nebeltal durchqueren, den gelben Sandpfad emporklimmen, bis zu den Wäldern, deren Wipfel schon die rote Glut umglost ... Vorwärts! Und ich gehe, gehe, rastlos und eilig, den Blick auf die heckengesäumten Wege geheftet, als hoffe ich, das heilende Kraut zu finden ...

Um halb eins komme ich nach Hause, aufgelöst und abgerissen, als hätten mich Wilddiebe durch den Wald gehetzt ... Mélie greint bei meinem Anblick. Lächelnd betrachte ich mein müdes, von der hellroten Spur spitzer Dornen gezeichnetes Gesicht, mein klettenverfilztes Haar, meinen feuchten Rock, den die Waldhirse mit grünen samtenen Kugeln bestickte. Meine Batistbluse ist unter dem Ärmel zerrissen und sendet mir den warmen, feuchten Duft, der Renaud stets aufs neue erregte – Renaud – nein, ich will nicht mehr an ihn denken!

Wie schön sind die Wälder! Wie sanft ihr Licht! Wie kühl der Tau in grasigen Mulden. Wiesen und Unterholz sind verwaist, die Frühlingsblumen längst verblüht. Dahin das reizende Völkchen der Anemonen und Vergißmeinnicht, der Gänseblümchen und der Narzissen. Maiglöckchen und Glockenblumen sind verstummt. Doch ich durfte meine bloßen Hände, meine erschauernden Beine in tiefem Gras baden, meinen Kummer an den Samt trockenen Mooses betten, meine traumlose Ruhe vom Brand der aufgehenden Sonne bescheinen lassen ... Strahlendurchbohrt, winddurchweht, tönend vom Lied unzähliger Grillen und Vögel komme ich heim, fühle mich wie ein Gartensaal, dessen Fenster und Türen Tag und Nacht offenstehen ...

»Das schöne Kleid!« schimpft Mélie.

»Ach was! Ich kauf' mir ein neues! Oh, Mélie! Ich bin halb tot vor Hunger! Wenn ich nicht etwas essen müßte, wäre ich überhaupt nicht heimgekommen ...«

»Ja, ja ... Monsieur verrenkt sich schon den Hals nach dir ... Du bist noch immer die gleiche!«

Genug geschaut, genug geliebt, genug getollt! Den Nachmittag verbringe ich im Garten. Er spendet mir warme Marillen, herbe Pfirsiche, die ich genießerisch auf der Zunge zergehen lasse, unter der großen Tanne im Gras liegend, einen alten Balzac zwischen den Ellbogen.

O Gott! Dieses schwerelose Glücksgefühl, diese wohlige Mattigkeit – sollte ich meine fröhliche Einsamkeit von ehedem wiedergefunden haben?

Nein. So einfach ist die Sache nicht. Mélie hat unrecht. Ich bin nicht mehr die alte. Mit dem schwindenden Tageslicht kehrt meine Unrast zurück, die trübe, rastlose Beklemmung, die mich von Raum zu Raum, von Sessel zu Sessel, von Buch zu Buch treibt, so wie man sich in fieberheißem Bett hin und her wälzt, auf verzweifelter Suche nach neuen, kühleren Regionen ... Ich gehe in die Küche, zögere lange – helfe Mélie, eine Mayonnaise zu rühren, die nicht »fangen« will – und frage schließlich wie von ungefähr:

»Keine Post für mich?«

»Nein, mein Goldkind. Monsieurs Zeitungen. Sonst nichts.«

Ich erwache nach anstrengender Nacht. So überreizt war ich, so übermüdet, daß ich im Schlaf das Sausen meiner Ohren, das krampfhafte Zucken meiner Waden zu fühlen vermeinte. Außerdem plagten mich verworrene Träume, beherrscht vom entnervenden Gefühl des Wartens. Ich kann mich nicht zum Aufstehen entschließen, trödle im Bett herum, in Gesellschaft Fanchettes und meiner Morgenschokolade, die langsam auskühlt.

Fanchette zweifelt nicht im mindesten daran, daß ich nur ihretwegen zurückgekommen bin, und freut sich vollendeten Glücks. Allzu vollendeten Glücks, vielleicht: ich quäle sie nicht genügend. Wo ist meine lästige Beharrlichkeit geblieben, sie auf die Hinterpfoten zu stellen, am Schwanz aufzuhängen, an je zwei Pfoten hin und her zu schwingen und zu rufen: »Wer kauft weißen Hasen? Fetten weißen Hasen zu vier Kilo?« All das fehlt ihr. Ich bin nur zärtlich, streichle, ohne zu zwicken, beiße sie nicht mehr in die Ohren ... Gott, Fanchette, man kann nicht alles haben! Schau mich an, zum Beispiel ...

Wer kommt da die Stufen herauf? Sicher der Briefträger ... Hoffentlich hat er keinen Brief von Renaud.

Mélie hätte ihn mir schon gebracht ... Tiefe Stille. Ich lausche, leicht vorgeneigt, jeden Muskel gespannt ... Mélie kommt nicht. Er hat nicht geschrieben ... Desto besser ... Möge er vergessen, mich vergessen lassen ...

Was soll dieser Seufzer bedeuten? Wohl ein Seufzer der Erleichterung ... Für eine erleichterte Claudine zittere ich etwas zu heftig ... Warum hat er nicht geschrieben? Weil ich nicht antworte ... Weil er mich noch mehr zu erzürnen fürchtet ... Oder er hat geschrieben und seinen Brief zerrissen ... Er hat den Posttag versäumt ... Er ist krank ...! Mit einem Sprung bin ich aus dem Bett, stehe aufrecht inmitten des Zimmers. Die Katze zwinkert, zerrauft, jäh aus dem

Schlaf gerissen. Diese Bewegung führt mich in die Wirklichkeit zurück, und ich schäme mich meiner selbst ...

Mélie ist so faul ... Sicher hat sie den Brief auf den Küchentisch gelegt, neben die Butter, die man bei uns in Montigny in Rübenblätter einzuwickeln pflegt ... Der Brief wird Fettflecke bekommen ... Ich reiße an einer Schnur, was den Spektakel einer Klosterglocke entfesselt.

»Willst du heißes Wasser, Kleine?«

»Klar ... Sag einmal, Mélie – hat der Briefträger keinen Brief für mich gebracht?«

»Nein, mein Goldkind.«

Echte Zärtlichkeit, gutmütiger, leicht anrüchiger Schalk lassen ihre verwaschenen blauen Augen schmal werden:

»Dir fehlt dein Mann! Was, du junge Ehefrau? Das juckt!« Und sie geht, lautlos in sich hineinlachend, indessen ich meinem Spiegel den Rücken kehre. Nein, ich kann den Ausdruck meines Gesichts nicht länger ertragen ...

Endlich habe ich mich wieder in der Hand. Ich beschließe, einen Ausflug auf den Dachboden zu unternehmen, in Gesellschaft Fanchettes. Wie oft war er meine Zuflucht während hartnäckiger Regengüsse ... Er ist düster und geräumig. Von den Holzstangen des Trockenbodens hängt die Wäsche. Ein Haufen halbvermoderter Bücher nimmt eine ganze Ecke ein. Ein alter geborstener Sessel, dem ein Bein fehlt, harrt gähnend des Hinterteils eines müden Gespensts ... Ein großer Weidenkorb birgt Tapetenreste aus der Zeit der Restauration: zwetschgenblaue Streifen auf gallgelbem Grund, Leisten, an denen sich komplizierte Flora hochrankt, umschwirrt von gurkengrünen Phantasievögeln ... Dazwischen die Reste einer alten Kräutersammlung, deren zarte Pflanzenskelette ich lange zu bewundern pflegte, ehe ich sie wegwarf ... Es sind noch immer einige da. Ich atme den süßlichen Pflanzenstaub. Er riecht nach Apotheke, verschimmeltem Papier, abgestorbenem Grün, alten Lindenblüten, die, auf einem Tuch ausgebreitet, langsam vertrocknen ... öffne ich die Dachluke, umrahmt das viereckige Fensterchen noch immer dasselbe kleine Bild, vollendet in seiner friedlichen Ferne: links Wald, rechts Wiese, dazwischen ein rotes Dach. O hübsches, sorgfältig komponiertes Gemälde, ein wenig einfältig zwar, allein wie reizend!

Es läutet ... Türen fallen zu, undeutliches Stimmengewirr, etwas Schweres wird über den Boden geschleift ... Arme, wunde Claudine, wie wenig braucht es, deine Seele in Aufruhr zu bringen ... Ich halte es nicht mehr aus. Lieber gehe ich in die Küche.

»Wo steckst du denn, Kleine? Ich hab' dich überall gesucht ... Wahrscheinlich bist du wieder im Wald herumgerannt ... Racalin war da, mit deinem Koffer ... Monsieur Renaud hat ihn aus Paris geschickt, expreß ... Er steht in deinem Zimmer ...«

Beim Anblick des großen Pergamentkoffers verschlechtert sich meine Laune, als sähe ich Möbelstücke aus unserer Pariser Wohnung ... An einer seiner Seitenwände klebt noch ein riesiges rotes Schild mit weißen Buchstaben: *Hotel des Bergues*.

Es stammt aus den Tagen unserer Hochzeitsreise ... Ich hatte gebeten, man möge dieses Schild nicht herunternehmen. Es machte den Koffer von weitem kenntlich. Hotel des Bergues ... Es regnete ununterbrochen. Wir sind nicht ausgegangen ...

Mit einer jähen Bewegung hebe ich den Deckel, als wollte ich die teure, brennende Erinnerung zu Boden schleudern, die mir ihr Hoffnungsantlitz entgegenhebt ...

Nun, es sieht nicht so aus, als hätte das Stubenmädchen etwas vergessen. Das Stubenmädchen ... Nein, hier sehe ich die Spur anderer Hände ... Unter den leichten Hemden, auf feinem, frischem, mit neuen Bändern umwundenem Wäschebett, liegt ein kleines grünes Futteral: der Rubin, den Renaud mir gab, leuchtet mir daraus entgegen, rot wie helles Blut, wie schwerer, süßer Wein ... Ich wage kaum, ihn zu berühren ... Nein, schlafe noch ein wenig in deinem grünen Sarg ...

Auf des Koffers Grund liegen meine Kleider, schlotternd, mit mutlosen Ärmeln, drei einfache Kleider, die ich hier tragen kann. Werde ich aber auch dieses alte dunkelrote Kästchen behalten, ein Geschenk Renauds wie der Rubin, wie alles, was ich besitze? Er hat es mit Bonbons gefüllt, übersüßen Fondants, weicher Schokolade ... Renaud, grausamer Renaud, Sie wissen nicht, wie bitter Fondants schmekken, von heißen Tränen benetzt ...

Ich fürchte jede neue Entdeckung, zögere, diesen Koffer auszuräumen, in dem sich die Vergangenheit verbirgt, die flehende, zärtliche Sorge dessen, der mich verriet ... Alles atmet seine Gegenwart ... Seine Hände haben diese Wäschestücke geglättet, diese Bänder geknüpft ...

Langsam leere ich den Reliquienschrein, tränenblind ...

Oh, hätte ich noch länger gewartet! Am tiefsten Grund, in einem meiner Lederpantöffelchen, steckt ein weißer zusammengerollter Brief. Ich weiß, ich werde ihn lesen ... doch wie kalt ist dieses Papier! Wie unangenehm knistert es in meiner zitternden Hand ... Ich muß den Brief lesen, sei es auch nur, dieses quälende Geräusch verstummen zu machen ...

»Mein armes geliebtes Kind, ich sende Dir alles, was mir von Dir verblieb, alles, dem noch ein wenig Deines Dufts, Deiner Gegenwart anhaftete. Meine Liebste, die Du an die Seele der Dinge glaubst, ich hoffe, diese werden Dir von mir erzählen, ohne Deinen Zorn zu wecken ... Wirst Du mir vergeben, Claudine? Ich lebe in verzweifelter Einsamkeit. Gib mir – nicht jetzt, später, wenn Du es vermagst – nicht meine Frau zurück, aber das liebe kleine Mädchen, das Du mitgenommen hast ... Mein Herz zerspringt bei dem Gedanken, daß Dein blasses, beseeltes Gesicht Deinem Vater zulächelt, während mir nichts bleibt als Marcels grausame Züge. Vergiß nicht, Liebste, wenn sich Dein Kummer sänftigt, daß mir eine Zeile von Deiner Hand teuer und gesegnet sein wird wie ein Versprechen ...«

»Wohin gehst du? Es ist serviert?«

»Na und? Ich esse nicht hier. Sag Papa ... was du willst ... daß ich einen Ausflug mache, bis zum Caillesgebirge ... Vor Abend bin ich nicht zurück.«

Mit fiebrigen Fingern fülle ich ein Körbchen: der Anschnitt eines Brotlaibs, frische Äpfel, ein Hühnerschenkel, von der Schüssel stibitzt. Hier essen? Nein! Um in meiner wirren Seele lesen zu können, brauche ich den sonngefleckten Waldesschatten, seine stille, ratspendende Schönheit.

Die Sonne brennt. Dennoch folge ich, ohne stehenzubleiben, dem schmalen Weg nach Vrimes, der eher einem engen, sandigen Flußbett gleicht. Meine Schritte verscheuchen smaragdene Eidechsen. (Sie sind so furchtsam, daß es mir nie gelang, auch nur eine einzige zu fangen.) Eine Wolke braun-gelber Schmetterlinge schwebt mir voran. Ein Pfauenauge fliegt im Zickzack vorüber, streift die Hecke und steigt nur wenig in die Höhe, als hätte es Mühe, den schweren Samt seiner Flügel zu heben ... Ab und zu gräbt sich eine schmale, wellige Spur in den Sand des Wegs: hier kam eine Blindschleiche vorüber, glänzend und schieferfarben. Vielleicht ragten aus ihrem kleinen flachen Schildkrötenmund die grünen zuckenden Beine eines Froschs ...

Ich wende mich oft nach dem efeuumhüllten Sarazenenturm, dem verfallenden Schloß, sie langsam entschwinden zu sehen. Mein Ziel ist ein kleines Jagdhüterhäuschen, das seit über hundert Jahren Fenster, Türen, Fußboden und Namen eingebüßt hat ... Es heißt: »Das-kleine-Haus-wo-so-viele-Unanständigkeiten-an-den-Wänden-stehen!« Ja, so ist das. Und wahr ist nicht minder, daß man nirgendwo anders so viele Obszönitäten finden kann wie dort – oben, unten, übereinander, links und rechts, mit Kohle gezeichnet, eingeritzt, erläutert durch eingekerbte oder Kreide-Skizzen – so viele naive Zoten. Das sechseckige Häuschen, dieses Sonntagsausflugsziel frecher Burschen und pfiffiger Mädchen, interessiert mich nicht. Ich suche den Wald, den es einst hütete, dieses dichte, stille, von keinem Ausflügler entweihte Gehölz, dessen versteckten Morästen Farne entsprießen, formschön und leuchtend wie naturgewordene Raketen ...

Der Hunger macht sich bemerkbar; ich esse wie ein Holzfäller, gierig und gedankenlos, mein Körbchen zwischen den Knien. Wir herrlich, sich als Tier zu fühlen, nichts anderem zugänglich als dem Wohlgeschmack krachenden Brots, mehliger Äpfel! Die sanfte Landschaft zu meinen Füßen weckt in mir eine Sinnlichkeit, die der Lust des Hungers gleicht, den ich genießend stille: die dunklen Wälder duften nach Äpfeln, das frische Brot dünkt mich nicht minder fröhlich als das rote Ziegeldach, das dort hervorleuchtet ...

Ich strecke mich ins Gras und kreuze die Arme auf der Brust, in Erwartung seliger Erschlaffung.

Die Felder liegen verlassen. Warum auch nicht? Die Arbeit ist getan. Das Gras wächst, das morsche Holz fällt ab, das Wild läuft in die Schlinge. Die kleinen Mädchen haben Schulferien und führen längs der Hügel ihre Schafe auf die Weide. Jetzt, am frühen Nachmittag, hält alles Siesta wie ich. Ein blühender Brombeerstrauch verströmt trügerischen Erdbeergeruch. Das niedrige Gezweig einer knorrigen Eiche schützt mich wie das Vordach eines Hauses ...

Ich wälze mich weiter, auf der Suche nach einem frischen Grasbett. Da verscheucht das Knistern eines Blatts Papier den nahenden Schlummer. Renauds Brief pocht an meinem Herzen, sein zärtlicher, flehender Brief ...

»Mein armes geliebtes Kind« ... »Das liebe kleine Mädchen, das du mitgenommen hast« ... »Dein blasses, beseeltes Gesicht ...«

Vielleicht zum erstenmal schrieb er, ohne seine Worte zu wägen, ohne literarische Hintergedanken, er, der eine Wortwiederholung auf zwei Zeilen Entfernung ebensowenig zu ertragen vermag wie Tintenflecke an seinen Fingern ...

Wie eine Braut trage ich seinen Brief an meinem Herzen. Der heutige und der vorgestrige sind die einzigen Liebesbriefe, die ich jemals erhielt: während unserer kurzen Verlobungszeit war Renaud stets um mich. Nachher folgte ich ihm fröhlich, gehorsam oder gleichgültig, wo immer ihn seine mondäne oder weltenbummlerische Laune auch hintrieb ...

Was habe ich für ihn und mich jemals geleistet? Was getan, in diesen zwei Ehejahren? Ich freute mich seiner Liebe, war über seine Leichtfertigkeit betrübt, über seine Art zu denken und zu handeln zuweilen ehrlich empört. Und all das, ohne ein Wort zu sagen, jede Aussprache ängstlich vermeidend ... Mehr als einmal grollte ich Renaud um meines eigenen Schweigens willen ...

Ich habe meinen Stolz dareingesetzt – meinen Stolz und meinen Hochmut! –, stumm zu leiden, ohne nach Linderung zu suchen, tadelte im stillen, mit selbstsüchtiger Überheblichkeit. Und dennoch – was hätte er nicht für mich getan? Konnte ich von seiner gewährenden Liebe nicht alles verlangen, alles fordern? Er liebte mich genug, mich zu leiten, wenn ich ihn zuerst geleitet hätte ...

Ich muß neu beginnen, noch ist es nicht zu spät. »Mein geliebter Großer«, werde ich sagen, »ich befehle Ihnen, mich zu beherrschen!« Und auch andere Dinge werde ich ihm sagen, viele andere Dinge ...

Die Zeit verrinnt. Die Sonne wendet sich zum Gehen. Den Wäldern entschweben zarte Schmetterlinge, deren schwanker Flug erst bei einbrechender Nacht an Sicherheit gewinnen wird ... Ein geselliges Käuzchen, furchtsam und geblendet, erscheint zu früh am Waldesrand, zwinkert und verschwindet wieder. Tausend kleine Geräusche erwachen im abendlichen Gehölz, Pfoten scharren, Vögel schreien leise ... Ich höre es kaum, lausche zerstreut, beobachte, ohne zu sehen, zärtlichen, abwesenden Blicks ... Plötzlich stehe ich auf, dehne die steifgewordenen Arme, reibe meine schmerzenden Waden und eile zurück, zurück nach Montigny, getrieben vom Gedanken an die schwindende Zeit. Die Poststunde naht ... Ich will Renaud schreiben! Mein Entschluß steht fest – wie leicht fiel es mir doch, ihn zu fassen!

»Liebster Renaud, ich weiß nicht, wie ich beginnen soll – es ist das erstemal, daß ich Ihnen schreibe. Ich habe das Gefühl, als könnte ich Ihnen, ehe die Abendpost weggeht, nicht einmal einen kleinen Teil all dessen sagen, was ich Ihnen sagen möchte ...

Zwei Dinge vor allen: daß Sie mir verzeihen mögen, fortgegangen zu sein. Und daß ich Ihnen danke, mich nicht gehindert zu haben. Ich habe vier Tage gebraucht, vier Tage einsamen Kummers, um zu verstehen, was Sie mir in wenigen Augenblicken klargemacht hätten ... Dennoch halte ich diese vier Tage nicht für verloren.

Sie haben mir Ihre ganze Zärtlichkeit geschrieben, Liebster, ohne Rézi zu erwähnen, ohne mir zu sagen: ›Ich tat mit ihr kaum anderes als du ...‹, obwohl es sehr überzeugend geklungen hätte ... Aber Sie wußten, daß es nicht dasselbe war ... und ich danke Ihnen, es verschwiegen zu haben.

Renaud, ich möchte Ihnen niemals, niemals wieder Kummer bereiten, doch Sie müssen mir helfen. Ja, ich bin Ihr Kind – nicht nur Ihr Kind –, bin eine verzogene Tochter, der Sie manchmal weigern müssen, was sie verlangt. Ich begehrte Rézi. Sie gaben sie mir wie ein Bonbon ... Sie müssen mich lehren, daß es schädliche Gelüste gibt und daß man sich, wenn man ihnen nachgibt, vor Leckereien schlechter Qualität zu hüten hat ... Fürchten Sie nicht, Liebster, Ihre Claudine durch Tadel zu kränken ... Ich bin gern von Ihnen abhängig, liebe es, meinen geliebten Freund ein wenig zu fürchten.

Und eines noch will ich ihnen sagen: Ich komme nicht nach Paris zurück. Sie haben mich dem Land vertraut, das ich liebe: kommen Sie denn, mich hier zurückzunehmen, zu lieben, zu behalten. Müssen Sie mich zuweilen verlassen, aus Laune oder Notwendigkeit, werde ich Sie hier erwarten, treu und ohne Mißtrauen. Fürchten Sie nicht, sich zu langweilen: es gibt hier im Fresnischen Schönheit und Trauer genug, man muß sie nur zu finden wissen. Und ich werde bei Ihnen sein, schöner, zärtlicher, aufrechter als in Paris.

Kommen Sie: ich kann ohne Sie nicht sein. Ich liebe Sie, ich liebe Sie, es ist das erstemal, daß ich es Ihnen schreibe. Kommen Sie! Bedenken Sie, geliebter Gatte: seit vier langen Tagen warte ich, daß Sie für mich nicht mehr zu jung seien ...«